平凡不可贵，最怕无作为

闫荣霞　邢万军

——编著——

北方文艺出版社

图书在版编目（CIP）数据

平凡不可贵，最怕无作为 / 闫荣霞，邢万军编著
. –– 哈尔滨：北方文艺出版社，2018.8

ISBN 978-7-5317-4219-7

Ⅰ.①平… Ⅱ.①闫…②邢… Ⅲ.①散文集–中国
–当代 Ⅳ.①I267

中国版本图书馆 CIP 数据核字 (2018) 第 049491 号

平凡不可贵，最怕无作为
PINGFANBUKEGUI ZUIPAWUZUOWEI

编　者 / 闫荣霞　邢万军

责任编辑 / 路　嵩　富翔强　　　　　装帧设计 / 朗童文化

出版发行 / 北方文艺出版社　　　　　网　址 / www.bfwy.com
邮　编 / 150080　　　　　　　　　　经　销 / 新华书店
地　址 / 黑龙江现代文化艺术产业园D栋526室

印　刷 / 廊坊市国彩印刷有限公司　　开　本 / 880×1230　1/32
字　数 / 160 千　　　　　　　　　　印　张 / 8
版　次 / 2018 年 8 月第 1 版　　　　印　次 / 2018 年 8 月第 1 次印刷

书　号 / ISBN 978-7-5317-4219-7　　定　价 / 32.00 元

编者的话

我们身处一个经纬交织的复杂世界。行走的过程中，很多时候，也许就把心灵忽视了。但是，又做不到完全的忽视，因为在追求外在世界的时候，会莫名地觉得忧伤和失落，会问：

"我是谁？"

"谁是我？"

"我在哪里？"

"我在做什么？"

"我想要什么？"

"我遗忘和失落了什么？"

"何者为丑，何者为美？"

那就是我们的心灵在执着地唱歌。所有的歌声，主题只有一个，那就是"感觉"。

我们大多数人都不爱护自己的感觉，小时听父母的，当学生听老师的，工作了听领导的，成家了听爱人的，老了听孩子的，空虚的时候听不知道什么"大师"的，结果自己明明有感觉的，却都给贬成错觉。所以很多人迷惘如孩童，不知道自己到底想要什么，也不知道自己小小的心灵，有着怎样一个微观而丰富的世界。

那么，这套"心灵微观"丛书的作用，就是希望读者从现在开始，直面自我，多听听自己的声音，多尊重自己的感觉：你会发现，原来你的心灵如此鲜明而生动。它在街边飘过的一首歌里，怀抱的小娃娃的一声欢笑里，开河裂冰的一声咔啦啦的巨响里，森林的阵阵松涛里。它在人们的笑脸上，一个电影里，一篇文章里，一个新交的朋友坦诚的双眼里。它使我们领略生之美好，收纳生之快乐。

编者历时数载，定向收揽如知名作家朱成玉、周海亮、澜涛、凉月满天、顾晓蕊、吕麦、安宁、古保祥、崔修建……以及新秀作者的优秀作品，以期不同的作者以不同视角，表达自己最真切的想法、念头和感触，剖析自己的心灵，以此为引，希望读者朋友也对自己的心灵细剖细析，细观细察，深入认知，深切会合，于细微处得见心灵的宏大愿景，从而不忘初心，砥砺前行，欣赏美好，过朴实而欣悦的一生。

这，就是编者的初心。

"心灵微观"丛书共有六册，其中《不负人生不负卿》以"感情"为切入点，讲述了"爱"是怎么一回事。想要去爱人是人的天性，想要被人爱是人的本能。是的，谁都会有生命的极夜，觉得一路上无星无月，无路无爱。但是不要紧，一分一秒挨过去，咬牙任凭痛楚凌迟。世间万物都会辜负，唯有流光不相负。迟早它会把你的痛冲刷殆尽，哪天想起来，也只余下淡白的模糊影子，那是你一个人的伟大胜利。而转头处，你会发现，原来一直有人在深深地爱着你。

《平凡不可贵，最怕无作为》以"事业"为切入点，讲述了我们的艰辛奋斗，艰难成功。奋斗到后来，你会发现，任何难题都不是难题。挑战是给你机会去战胜挑战，艰难是给你机会走出艰难，困境是给你机会让你成长到足够翻转困境。只要转换视角，就能翻转命运。

　　《所有的命运都是成全》以"命运"为切入点，讲述了非常玄奥的"命运"是什么东西。命运能是什么东西呢？它是生命、是际遇，是曲曲折折的前进，是寸步不肯移的守候，它是一切。际遇如火，骄傲如金。珍而重之地对待生命，不教时日空过，无论怎样的波峰浪谷，都无损于我们自己的骄傲。遇吉不喜，遇凶不怒，坦坦荡荡，平平静静中，一生就能这么有尊严地过去了。

　　《苦如蜜糖，甜是砒霜》以"苦难"为切入点，讲述了人人望而却步却人人都有可能经历的"苦难"。这个光鲜靓丽的世界上，这么多光鲜靓丽的人，都包裹着一颗拼命挣扎的心。没有谁真正潇洒，大家都不轻松。也许困顿是良机，因为障碍越多，被跨越的障碍越多。不必被愤怒和悲伤蒙住了眼，假如退开来看，说不定能够看出命运的线正从彼处发端，要给你织成一幅美丽的锦缎，只要你给它时间。不如一边整小窗，一边倚小窗；一边买周易，一边读周易；一边养青蛙，一边听蛙叫。心头种花，乐在当下。

　　《绿墙边，花未眠》以"美好"为切入点，细细描绘了生命中的美好片断和美好场景，动荡人生中的稳静光阴。生命是需要稳和静的，如同篱落间需要点缀一点两点小黄花；

就像《红楼梦》里的大观园，有那样金粉玉砌的所在，就有稻香村这样的幽静之所可以养静，可以读书，可以于落雪落雨之际，去品生命况味。

《昨日不悔，明日不追》以"赤子之心"为切入点，与读者一起，重觅本心，重拾美好华年。"归去来兮，田园将芜胡不归？"现代人没有陶渊明的幸运，不是所有人在厌倦了都市生活后，都可以有一个田园迎接自己的归来。实在没办法的时候，我们可以在心里给自己营造一个独属于自己的田园，那里有如烟蔓草，有夕照，有落英。

一个人，生活在一片破落的村庄，隔着一条大河，有一个仙境一样美的地方，那里整日云雾缭绕，太阳一出，云雾散去，鳞次栉比的房屋又像水墨画一样。他想："啊，要是能到那里生活就好了。"于是，有一天，他下定决心，整理行装，登程了。

当他辛辛苦苦到达那里，才发现那里的村庄一样破落，那里的人们和自己家乡的人毫无二致。他失望透顶。隔河望去，自己的家乡也美丽得如同仙境，云雾缭绕；当云雾散去，房屋也如水墨，引人遐思。

真是一个隐喻式的故事。我们的人生就时时生活在这样的矛盾之中，总是觉得身处的环境不好，正在做的工作不好，享受到的待遇不好，挣到的钱太少；可是当我们换一种身份，挣了大钱，得了大名，又会觉得还是平平淡淡的生活更好。

说到底，我们总是这山望着那山高，其实却是这山和那山一样高。你觉得这里的山好，那么别处的山就一样好；你觉得这里的山不好，那么别处的山一样不好。

就像一个人从一个小镇搬到另一个小镇，询问当地的一个老者："这里的人好不好？"老者反问："你家乡的人好不好？"他说："我家乡的人都好极了，既热情又善良。""那么，"老者说，"这里的人也都好极了，既热情又善良。"

另一个人也从一个小镇搬到了这个小镇，也询问这个老者同样的问题，老者也反问："你家乡的人好不好？"他说："我家乡的人都坏透了，既冷漠又奸诈。""那么，"老者说，"这里的人也都坏透了，既冷漠又奸诈。"

高低好坏，其实都在自己的心呢。

借由"心灵微观"，希望我们真的能够荡涤凡尘，得见本心，让心灵如清水般洁净轻灵。

前　言

一个渔夫不去撒网，却躺在树荫下睡觉。有人看不过去，问他："你为什么不捕鱼去呢？"他反问："捕鱼干什么？""卖钱啊。""卖钱干什么？""卖钱买新渔网，打更多的鱼，卖更多的钱。""要更多的钱干什么？""等你有了更多的钱，你就可以什么也不干，躺在树荫下睡觉了。"渔夫说："那你以为我现在在干什么？"

这里的两个人，代表两种不同的生活态度。

这个好心劝渔夫的人，和我们所有生命不息、奋斗不止，永远在征途上跋涉的人的想法是一样的：我们现今的吃糠咽菜是为以后的饱食暖衣；我们现今的头悬梁锥刺股是为以后的衣锦荣归；我们现今的挥汗如雨是为以后的抱着小茶壶喝茶，就着猪头肉吃大饼。所有一切，都在渺茫但可以预期的未来——"有朝一日，等我有了钱，想吃烧饼吃烧饼，想吃油条吃油条，豆浆买两碗，喝一碗，倒一碗！"也就是说，我们把所有现今艳羡而不可企及的人生享受都作为有钱之后理所应得并且受之无愧的利息。它像在驴鼻子上挂的胡萝卜，引诱着我们一步步咬牙苦撑，奔向不可知的未来。

而这个被劝的渔夫，是把未来提前过，把目标当成了正在享受的结局。不过，这种结局初看似十分有道理，但却经过了删繁就简、刨根去底，成了无本之木，无源之水。感觉这个人有点像孔门弟子里的贤人颜回，所谓"一箪食，一瓢饮，居陋巷，人不堪其忧，回也不改其乐"。但是颜回因为生活困窘，营养不够，年纪轻轻就死掉了。这个渔夫应当也不免于饥寒之虑。

　　看起来，先有经济基础，再有上层建筑的说法仍旧需要成立。那么奋斗也还是要有的，直到达到某种目的为止。

　　不过，这种目的到底又是在哪里？兵法上又说此一时也，彼一时也，目的好像永远像人们在大雾中行走时看到的灯塔，看着就在前面，却总也走不到，或者说由一个一个渐进的目的构成一道直通向天的阶梯。

　　正所谓人心不足，只要人在旅途，前方的风景就是永远的诱惑。有一首歌唱爱拼才会赢，换个表达方式，虽然拼了未必赢，但不拼你就输定了，而且，不拼你怎么知道一定不能赢？不拼而回头，是不甘心的。所以才会说不到黄河心不死，不撞南墙不回头。这才是问题的焦点。若是个性恬淡的大隐渔夫或天性纯良的朴拙赤子，不拼是快乐，中途退场是豁达，自足的心境不仅是羡煞他人，更是站在高高的精神顶端，看着脚下忙碌的众生，心里会产生高尚和前卫的悲悯。若是修为不到家（修为不到家的占大多数呀），那么过早放弃奋斗的权利只会让自己受着命运另一种可能的蛊惑，到老还会经受悔也迟矣的心理折磨。

奋斗是一个不能细究的词，充满悖反，而不奋斗也未必明哲。那么就奋斗而达到目的之后，再来享受悠闲快乐吧，可是如前所述，奋斗已经成了习惯动作。从这个角度，也可以说，奋斗是人的一种生存本能和灵魂饥渴。

本书即以"奋斗"为主题，精选文章，细细剖析人心灵中的"奋斗"因子，文笔独到犀利，发人省思。

CONTENTS

第一辑

年少时的雨都下到哪儿了

行路是难的，天气是阴的，前程是曲折的，可是，梦想终归是要有的，万一实现了呢？不对，梦想怎么会不能实现呢？所以，少年要有梦想，梦想有多大，世界就有多大。少年要敢想敢做，世界才会变成梦想中的世界。要不然，有什么资格叫青春呢？

土坷垃的童年里，
读书成了最美的事

金明春

1952年，在陕西南部的丹凤县一个叫棣花村的偏僻小村里，有一个婴儿出生了。父亲是乡村教师，母亲是农民，这个家庭对这个婴儿的诞生，感觉很平常，就像日出日落。

这个孩子慢慢长大了，但是他的个子矮，还总生病。上学了，他对学习抓得也不紧，既不会唱歌也不会跑步。数学成绩平平，但奇怪的是这个小孩儿作文写得相当好。他很小的时侯就显示了他的作文天赋，在一次作文比赛中，他的作文得了第二名。

他的头发很长，特别是脑门上的那一缕头发更长。好酷！更好玩的是，在他写作业时，那缕头发就会来"捣乱"，那缕头发调皮地垂下来，这时，他很帅地一甩头，那缕头发就会听话地被甩了上去。

于是，小伙伴给他取了个绰号叫"一撮毛"。

这里，到处是土坷垃。在他的童年的记忆里，到处是黄土，但在这满是土坷垃的童年里，读书是最美的事。

对于贫困的生活来说，读书会让生活美好起来。当时农村很少有书看，就是《红岩》《水浒传》《三国演义》这几部书。书，成了奢侈品、稀罕物。他似乎患有文字"强迫症"，见到有文字的东西，他的注意力便会聚焦在那里。他有个习惯，每到一处，就会翻看那里的书报。文字，对他是一种强大的诱惑。他有一次去县城一居民家，看见有一本《红楼梦》，就像猎人发现了猎物，不顾一切地抓起了那本书。

那时候的农村，没有报纸、电视，晚上没有事做，他就去听邻居讲故事。但听故事需要"买门票"，就是给人家讲故事的人干点儿活，比如推石磨、挑水。每次他都听得津津有味，回来后就把听来的故事写下来。后来，他那部《老生》里的内容基本上都是他听过或者经历过的事情。

读书，即使在雪花飘扬的季节也有一种芬芳和温暖的气息扑面而来。书，一次次叩动着他的心弦，一次次开启着他的心智。

17岁时，他在工地上看到一本没有封皮的书，当他翻看这本书时，一个奇怪的念头产生了：哼！书不就是人写的吗，他们能写，我也能写。有了这个念头以后，他就开始尝试着写作。正是这个作家梦，诞生了一位著名的作家，他就是贾平凹。

文字散发着作者的气质，闪耀着生命和人性的光辉，彰显着他的情志与追求，洋溢着隽永的生命意蕴。他探求生命本质，有着率真的个性；他保持着一种坚守艺术人生、关注现实的写作姿态。他出版的主要作品包括《浮躁》《废都》《白夜》《土门》《秦腔》《高兴》等。作品曾多次获全国文学奖，2008年《秦腔》获得第七届茅盾文学奖。作品还获过美国美孚飞马文学奖、法国费米娜文学奖和法兰西文学艺术荣誉奖。这位被称为文学鬼才的作家，有着鲜明的特点，如同茅盾文学奖的授奖辞所说："他笔下的喧嚣，藏着哀伤，热闹的背后，是一片寂寥。或许，坚固的东西都烟消云散之后，我们所面对的只能是巨大的沉默。《秦腔》是当代小说写作的一记重音，也是这个大时代的生动写照。"

他认为，对于我们青少年写作能力培养来说，要注意培养三个功能：一是培养想象力；二是培养观察力；三是培养表达能力。

一个人的梦想是人生前行的原动力，梦想是一种能量，推动着前行的步伐。拥有梦想，并为之努力奋斗，才会实现梦想。梦想，是一个人奋斗的原动力，勤奋努力，才能拥有璀璨的成就。沿着美好的梦想不断跋涉，就能抵达美丽的彼岸。

没试过怎么知道不行

周 礼

　　史蒂夫·凯斯曾是商界的一位风云人物，他很小的时候就雄心勃勃地想要开一家公司。父亲笑他说："凯斯，你只是一个什么都不懂的小孩儿，别整天做白日梦了！"母亲也劝他说："凯斯，你想开公司，我不反对，但你必须等到18岁以后，因为你现在根本没有那个能力。"小凯斯听后理直气壮地说："没有试过，你们怎么知道我不行呢？"

　　起初，大家都以为凯斯是闹着玩的，但没过多久，他真的和哥哥开了一家公司，还起了一个霸气十足的名字"凯斯企业"。公司的主要业务是上门服务，即推销各种各样的产品。当然，"凯斯企业"所谓的产品，要么是亲戚朋友家剩下或不要的东西，要么是他们自己制作或花很少的钱收购来的东西，比如：花籽、手表、圣诞贺卡、玩具等。尽管凯斯经营的产品利润微薄，但由于市场大，销路广，他还是从中赚到了不少钱。当凯斯将一大叠钱放在父母的面前时，他们全都傻眼了。从那以后，家里再也没有人敢轻易对凯斯说"你是个小孩儿""你不行"之类的话了。

　　大学毕业后，凯斯的同学大多都选择了进政府机关或学校工作，而凯斯却异想天开地想去宝洁公司上班，并且是奔着经理一职。有同学劝他说："宝洁公司可是一家大公司，他们的要求非常高，咱们刚刚跨出校门，最好还是将目光放低些，免得期望越高，失望越大。"果然，在众多应聘者之中，凯斯第一个被刷了下来。宝洁公司拒绝的理由很简单，一个初出茅庐的年轻人，既没有工作经营，又不是学管理专业的（凯斯学的专业是政治），能做好营销这一块吗？凯斯很不服气地对考官说："你没有用我，怎么知道我干不好呢？"后来，凯斯直接去了俄亥俄州辛辛那堤，那是宝洁公司的总部。凭着一股子认真劲儿，凯斯硬是争取到了面试的资格，并成功当上了助理品牌经理。

27岁那年，凯斯有一个梦想，那就是开一家像微软和苹果那样的大公司。很多人都笑他狂妄自大，不知天高地厚。可凯斯却满不在乎地说："没有试过，谁又能说我不能成为第二个盖茨和第二个乔布斯呢？"说干就干，凯斯很快就与人合开了一家名为"量子"的计算机信息数据公司（后来更名为"美国在线"），主要为计算机用户提供在线信息服务。当时不少业界人士都不太看好"美国在线"，因为凯斯对电脑技术十分外行，并且对市场也缺乏了解。而凯斯却信心满满，他认为其他电脑公司过于依赖技术，却忽略了消费者本身。于是，他放弃了技术研究与开发，把主要精力放在如何为消费者提供优质、舒适、快捷的服务上。因此，凯斯从不出售复杂软件、复杂电脑，他只把简单、方便的网络出售给消费者。正是凭着这一另类的经营理念，"美国在线"吸引了众多的普通消费者，短短二十余年时间就声名鹊起，成为了全球第七大公司，市值超过了1600亿美元。

　　在凯斯的一生当中，他曾接受过无数次挑战，但每一次他都用实际行动证明了自己。他的成功经历告诉我们：不要轻易否定自己，也不要轻言放弃，没有试过，没人知道结果如何。

和纸做朋友的女孩

汤秀云

　　在广州，有一位叫陈粉丸的90后女孩，她凭借那双灵巧的手，可以将纸做成形态各异的手工书。也可以以纸为素材，用刀在上面一层层地镂空、叠加、雕刻，营造出独一无二的纸雕艺术品，向你呈现一个异彩纷呈的纸艺世界。

　　因为父亲很喜欢艺术，粉丸从小就接受了艺术方面的熏陶和培养。大学时，陈粉丸就读于广州美术学院版画系书籍装帧专业。大二的时候，她选修了手工书课程。当授课老师分享了一些国内外的手工书作品时，粉丸才发现，原来书不只是只有四边形的样子，它可以用多种多样的形式来表达。

　　粉丸的第一本手工书，就是一次课程作业。受到一本童立体书的启发，她将一本乏味的介绍鸟类的书重新编辑成了一本自己的鸟类图鉴。那些从书页里探出的各类鸟头，相当于快速检索的标签。还有手写出的鸟类名称、海鸥在海上翱翔的样子、鸟类迁徙的地图，都给人以栩栩如生的感觉。后来，这本手工书因为深受老师喜欢而被留系收藏。

　　体会到做手工书的乐趣后，粉丸一发不可收拾，陆续创作自己的作品。毕业创作的时候，手工书就成为了粉丸首选的毕业作品。前期准备阶段，她大量地画草图，看纪录片资料。最终，她做出了一本概念书——流溢的书。一个铁皮桶倒在地上，桶里的水自然会流出来，一层层的书页大小不一，组成了一滩翠绿的水。最上一层还有缝了大小各色的扣子，像是水在阳光下的波光。一页页翻开，画的是树木的春生、夏长、秋收、冬藏。当作品交上去的时候，老师和同学们都被惊艳到了。

粉丸大学毕业后，尝试过平面设计、到幼教机构教美术等工作，后来觉得自己离不开钟爱的手作艺术，于是她成为一名自由职业者，开始了职业"做纸"生涯。

她会花一个月甚至更长的时间来缝制一本手工书。《太阳环球旅行》《晚安集》《妈妈园艺录》陆续在她灵巧的手里成型。她去苏州和香港游玩的过程中，分别制作了两本手账，创作出的《一夹子游记》和《一盒子游记》，不再只是照片的整合，而是将身边的每个小细节赋予记忆的色彩。

虽然她做的每本书都不相同，但在做工上都细致入微，她充分发掘纸张所具备的材质特性，融入了自己天马行空般的想象，于是整个世界就都被叠进书里了。

她发现，除了做手工书，只要有创意，平凡的白纸还能变成各种各样的纸艺创意作品。

粉丸在没有找到任何教材和老师的帮助下，靠自己的摸索，终于在一张小小的纸张上雕刻出了精细的图案。慢慢地，她创作出《身体碎片》系列纸雕作品，并参加了一些小型展会。

2016年初，深圳观澜湖新城·艺工场将举办"'纸·媒'现代纸艺展"，主办方邀请她为展览创作一件比之前都要大的作品。

这件以《灵魂出窍》命名的大型纸雕作品，是她这次展会的代表作之一。这件作品看上去像婚纱，是用一些雕刻着植物、人物、动物的纸片组合起来的白色灵魂，从头部延伸至脚部并依附在人身上，躯体内还伸出一双手去拥抱佩戴的人。她用一种佩戴的方式呈现出灵魂出窍的效果，表现个人与身体之间的失控感与距离，让参观者透过跟作品的互动，尝试与自己的身心的对话。

这次展览会后，她的纸艺创作慢慢受到关注。她的作品又陆续参加上海原创纸艺大展、杭州艺术书展以及中央美院举办的全球艺术家手制书展等。目前，粉丸与许多影楼、印刷机构开展合作，用魔术师一般的手把普通的纸材变成艺术品，并在圈内赢得口碑。

粉丸表示，她也有可能会尝试更多更新形式的创作，并且也有想过要参与跨界合作，她不介意当一个身上贴满各种标签的手作人。

朋友们说，粉丸身上有一种匠人的气质，她依靠着一份对手艺的执着，用诚挚的匠心，在浮躁的世界中获得了无所畏惧的勇气。

梦想有多大，舞台就有多大

蓝小柯

如果说你是售楼小姐，大家会不足为奇；如果说你是"飞机卖手"，大家一定觉得这个职业既新鲜又刺激，还有点儿不可思议。其实，只有想不到的没有做不到的。27岁的太原女孩李雅兰便就职于美国纽约的亚菲特有限公司从事飞机销售工作，而且是一个三年赚取千万财富的"飞机卖手"。那么，是什么机缘让她成为一个卖飞机的"达人"呢？

和所有的孩子一样，6岁时，李雅兰已经拥有了一大堆的玩具，但其中最多的玩具却是飞机。有人开玩笑地问她："你收藏这么多飞机，不会是想以后开飞机拍卖会吧？"一句话，顿时点燃了她心中的梦想，于是她脆脆地回答："长大了，我就是要卖飞机，而且要卖真飞机。"听完她的话，一旁的父母苦笑着说："这丫头，怎么连飞机也敢卖？"

心中有了梦想，考大学时，不经商量，她就毫不犹豫地在志愿书中填上了中国民航学院。2004年她以优异的成绩从中国民航学院航空电子专业毕业。之后，她被分配到南方一家航空公司从事飞机维修工作。她是个用心的女孩，仅用两年的时间，她就熟练掌握了飞机维修的要领，并顺利地获得非常难拿到的飞机维修AV执照。不久，凭借过硬的专业技能，她看准了美国这个广阔的市场，于是便申请到了美国准备打拼一番自己的天地。

经多方咨询，2008年8月，她终于得到了一个面试机会：亚菲特有限公司的"飞机卖手"，也就是飞机销售代表。

手捧着面试通知，她欣喜若狂，因为亚菲特公司是国际知名飞机销售商，除同波音、空客这两个大哥大级别的飞机制造商长期保持良好合作外，还与诸如美国西锐、加拿大庞巴迪、法国达索等企业都有生意往来。

李雅兰较强的专业素养和沟通能力，再加上亚菲特公司看好了中国市场的潜力，使得这个中国女孩顺利过关，最终成为了亚菲特公司的"飞机卖手"。

然而，这个看上去很酷的职业，真正运作起来却非常艰苦。首先，你要把自己变成一本"飞机百科全书"，几百种飞机型号，客户无论咨询哪一种，你都要马上精准地解答，比如这种飞机的速度、最大飞行高度、耗油量、安全装置的可靠性，以及在全球的销量和受欢迎程度如何等等。当然，每卖出一架飞机，你将得到数千美元以上的奖励。

无数个夜晚，为做方案李雅兰熬红了眼睛。有一次为了赶到和客户约定的咖啡馆见面，她还差点出了车祸。尽管她煞费苦心，往往那些客户仍然会离去，这时候，她不仅不发任何牢骚，还微笑着目送对方。

2009年初的一天，李雅兰接待了一名40多岁的农场主。他先看了看几种小型飞机，接着又钻进驾驶室参观，随后又坐进模拟器里，只顾陶醉地"体验"飞行的美妙，全然没有一点儿购买飞机的意向。很多人劝李雅兰，糊弄一下他就算了。可李雅兰却认为"来者就是上帝"，依然详细地一一解答他提出的问题。没想到的是，这位客户竟决定买一架比奇富豪 G36，同事们得知后，哗然之余纷纷建议李雅兰尽快签订合同，以免他临时反悔，可李雅兰并没有这么做，而是向他推荐了一款性价比更好的罗宾逊 R-44 四座直升飞机。李雅兰对农场主说："这款飞机虽然价格更便宜，但更适合您的实际需要，因为您的住处离小型机场比较远，用比奇富豪 G36 会很不方便。"农场主听后，先是一愣，既而开怀大笑："我是第一次遇到宁愿少挣钱的销售员。"说完，他当场爽快签单。让李雅兰也顺利拿到了 8300 美元的奖金。

这之后，很多人冲着李雅兰的技术背景和真诚而来找她做顾问，令她惊喜的是，接下来又成功签下了几单，从此真正打开了她的销售局面。三年的时间竟让她赚取千万的财富，由此，成就了她在纽约卖飞机的神话，也圆了她儿时的梦想。

记得阿基米德曾说过："给我一个支点，我能撬动地球。"是的，梦想的力量不可估量。梦想有多大，舞台就有多大。因为敢想，所以敢做，也才会有梦想成真的可能。未来，李雅兰看好了国内私人飞机市场，我们有理由相信，她的人生将更加美丽灿烂。

邀请别人投资你的梦想

[美]杰克·堪菲尼德 / 文
庞启帆 / 编译

玛蒂卡·安德鲁获得"世界上最伟大的女推销员"这个荣耀的称号时才13岁。而这一切开始于一个炙热的愿望。

玛蒂卡生活在一个单亲家庭。在玛蒂卡8岁时，她的父亲离开了她们。母亲把她带到了纽约，然后在一家餐厅找到了一份服务员的工作。母女二人的愿望是环游世界。"我会努力工作，赚够钱送你上大学。"一天，她的母亲对她说，"等你大学毕业后，赚了足够的钱，你就带上妈妈去环游世界，好吗？"

13岁那年，玛蒂卡在她订阅的《女童子军》杂志上读到一则消息：推销出最多女童子军饼干的推销员将可以获得双人全额周游世界的机会。玛蒂卡决定尽她所能去推销女童子军饼干，成为那个推销员冠军。

但是光有愿望是不行的，玛蒂卡知道要想愿望成为现实，必须要有一个完整的计划。

"要穿上你的职业服装。"她的姑姑建议她，"你做生意，就要穿得像个生意人。穿上你的女童子军制服。每天下午四点半或者六点半，尤其是星期五晚上，你就到生活区去敲门。

要一直保持脸上的笑容，无论他们买还是不买，都要提供良好的服务态度。并且不要请求他们买你的饼干，而是邀请他们投资。"

大多数的女童子军也想得到那个环游世界的机会，大多数女童子军也已经制定了计划，但只有玛蒂卡在每天放学后脱下她的校服，穿上女童子军饼干推销员的制服，不断地邀请人们投资她的梦想。"嗨，我有一个梦想。我正在通过推销女童子军饼干为我和我的妈妈赢取一次环球旅行的机会。"每敲开一扇门，她都这样说，"您乐意为我投资一两盒饼干吗？"

那一年玛蒂卡卖出了3526盒饼干，赢得了环球旅行的机会，同时也赢得了"世界上最伟大的女推销员"的称号。此后，玛蒂卡的销售业绩节节攀升，到18岁时，她一共卖出了超过42000箱的女童子军饼干。她在销售集会上的演讲传遍了整个国家，迪士尼公司把她的经历拍成了电影，出版商们根据她的推销经历与经验出版了一系列的畅销书：《如何售出更多的饼干》《如何售出更多的楼盘》《如何卖出更多的卡迪拉克》《如何成为一名成功的电脑销售员》……

玛蒂卡并不比其他怀有梦想的人（不管是年轻人，还是老年人）聪明。他们之间的差别就是玛蒂卡发现了推销的秘密：邀请，邀请，邀请。大多数人甚至在他们开始前就失败了，就是因为他们不敢要他们所想要的。我们中的许多人早在别人给予机会之前就放弃了自己的梦想——无论我们在推销什么。

每个人都是推销员。"我们每天都在推销自己——向你的同学和老师，向你的老板，向你遇到的陌生人。"玛蒂卡在14岁时这样说，"我的母亲是一个服务员，她每天推销的就是餐厅每天的特色菜。竞选市长和总统的大人物为了拉得选票也在推销自己……在我看来，推销无处不在。推销是这个世界的一部分。"

你需要有勇气去要求你所想要的，但勇气不等于不害怕。而是尽管害怕，仍然有勇气去完成必须去做的事情，就像玛蒂卡发现的一样，你请求的次数越多，你就越容易得到你想要的东西。

有一次，在一个电视节目上，制作人决定给玛蒂卡一次最难推销的挑战。在节目上，玛蒂卡被要求向一个陌生的客户推销女童子军饼干。"您愿意投资一两盒女童子军饼干吗？"她问道。

"女童子军饼干？我不买任何女童子军饼干。"那人答道，"我是联邦监狱的监狱长。我每天面对的是数百名强奸犯、抢劫犯、诈骗犯和虐待儿童的人渣，我不需要这些。"

玛蒂卡镇定地迅速反攻，"先生，如果您买下这些饼干，也许您的脾气不会那么暴躁，不会那么容易生气，工作时的心情会好许多。并且，先生，我认为给每个犯人都带点儿饼干回去也是一个不错的主意。"

监狱长两眼盯着玛蒂卡，十几秒后，监狱长从口袋里拿出支票本，开了一张大额的支票。演播厅里响起了经久不息的掌声。玛蒂卡的脸上又露出了胜利的笑容。

人生的"萤光"

朱迎兵

夏天的夜晚,月亮在云朵中穿行。小院的葡萄架下,一个小女孩依偎在父亲的怀里,看着浩瀚的星空。忽然她发现,有星星在她身边飞行,她惊喜地喊:"爸爸,爸爸,你看星星在我身边飞呢!"父亲慈祥地笑了,他说:"傻闺女,那不是星星,那是萤火虫。"

"萤火虫是虫子呀,它怎么会发光?"小女孩疑惑地问父亲。

父亲抚摸着她的头,说:"它很勤快,它不停地扇动翅膀,就能发出光来。"

渐渐地,小女孩不说话了,她在父亲的怀里进入了梦乡,在梦里,她喃喃地说:"我也要做一只勤劳的萤火虫。"

小女孩慢慢长大,她步入校园,读书刻苦勤奋,18岁时考入了新疆大学地质系。大学三年级时写论文,导师告诉他们,男同学可以开展一些实地考察活动,写出论文;班级里的9名女生,可以写一些关于实验室的论文,以避免风吹日晒。

她听了导师的话,感觉还是考察后写出的论文更有分量,于是她决定写以新疆为主体的干旱区生态环境方面研究的论文。

1988年5月，一群青年在塔克拉玛干沙漠里跋涉。这里沙丘相连，不见人烟。高悬的烈日下，沙子闪耀着迷人的金光，可一脚踩下去，烫得人直皱眉头。

人群中，有一个纤弱的身影，从那低垂的秀发，可以看出她是个女孩。她不时抬手拭汗，那清秀的脸庞被晒黑，嘴唇干裂，有血丝从白色的蜕皮中渗出来，可她跟随着人群，一步也不落后，每一步都充满了坚毅。

那个女孩就是她，为了完成论文，她随着科考队到这里来考察。她是班级里唯一没有选择与实验室有关题目的女生。

短短的二十天考察，那肆虐的风沙、满目的荒凉，以及当地人们一贫如洗的生活给了她很大的震动，她非常希望自己能做点儿什么，改变这种现状。她决定把以新疆为主体的干旱区生态环境方面的研究作为自己毕生的事业。

毕业后，她即投身到这项研究之中，一段时间工作后，她感觉知识匮乏，1992年，她又远离父母，到中山大学读博士。毕业后，她回到新疆大学从事原专业的研究。

1999年，她被聘为"973"项目的首席科学家。由她牵头申报的"中国西部干旱区生态环境演变与调控研究"项目，被国家确立为"973"项目。她开始带领百余名中外科学家进行中国西部干旱区生态环境研究。虽然一开始曾被人说成"小丫头"，个别人甚至不服从她的任务分配，但她用自己的实力和努力做出了回答，她每日奔波在荒漠和实验室之间，最终他们的研究获得了国际的认可，多项成果被联合国在全球推广。

研究结题时，她这只萤火虫差点儿不能再挥动翅膀——她的肝部发生了病变，住进了医院，医生说她大概只剩下一个月的时间了。她听后，拔下了针头，回到了学校，要把手头的事情做完。她的母校中山大学得知这件事，请最好的医生给她制定了治疗方案，就是肝移植手术。虽然成功率低，但大概是她感动了上苍，手术取得了成功。

她手术后出院，休息不到一周，就参加了教育部举办的高校领导海外培训班。从法国、德国回来后，她又赶往北京、云南、陕西等地忙于博士点的申报……她就像一只不停扇动翅膀的流萤，滑过一道道美丽的弧线。

她就是我国年轻的科学家潘晓玲。

动是流萤萤光的源泉。而人，也像那萤火虫，只有勤奋起来，不断寻找生命的价值，才能使自己在飞翔的岁月里发出"萤光"，人生由此熠熠生辉。

日月经天，江河行地，人生如月，盈亏有间。在人生短短数年间，怎样才能找到生命的坐标、实现生命的价值，成为了一代代人不懈探究的问题。其实，无数优秀的人给了我们答案：不追求虚幻的物质享受，而是能在历史长河中掬一杯水，从而找到生命的真正价值！

雨都下到哪儿去了

凉月满天

一个多年前的学生来到家里，三十来岁的人领着一个孩子，进门没说两句话就哭了，说和老公吵架了。我连忙倒水，拿水果，又剥核桃给她吃，待她情绪平复后，我和她聊天，渐渐感觉有一点儿不正常。

正是好年纪，像牡丹花开得正盛，像清水盛满了缸，缸里能种红莲白莲，又游着红红白白的鱼。像诗里一样，像画里一样。可是这孩子如今说话，怎么是这个样子？

几年前在路上遇见她，还神色明朗，话语轻快，如今神色和言语都像浸饱了水的海锦，有一种湿答答的重。且这水又不干净，拧出来也是浊的。三句话不离公公婆婆、爷爷奶奶，老公孩子。一个多么标准的全职主妇标本：又要说话，又没有多少的话好讲，不过是柴米油盐的家常琐事。偏偏家常里又没有多的喜庆，有的是怨怼哀怒：公婆不理解、老公不理解、和公婆不开心，和老公不开心。她说老师我现在都不愿意跟同学聚会，没有好的话题，也没有好的情绪。怕人家烦，我自己又不知道怎么办。

我拉她照镜子：镜子里的她面目清秀、身材匀称，穿的却是一身敷衍了事的黑与灰。来老师家做客，这还算是特意打扮了，若是在家里，会是什么样子？三毛写她的一个街坊，老公上班去了，她就在家里做全职太太，拿发卷把头发卷起来做造型。可是做着做着，就懒得往下取，任这些发卷红红绿绿的像果子一样长在头上。

多好的年纪，累了困了，睡上一觉就没事，连吵架都能哭上一整夜，充沛的能量如同雨季的河水，正该肆意漫流，无可阻挡，偏要变成一个池塘，任由野草茂长。

女儿从学校回来，在我耳边述说烦恼，我听得也苦恼：我和你好，你和我不好，我待她好，她待我不好。那么小的一个孩子，才二十岁，可是怎么关注的尽是这些东西？

为免她苦恼，我教了她一个讨巧的办法，让她学我的一个同事。

相处十多年间，我没见她得罪过一个人，也没见她说过一个人的不是，谁向她说什么，她都听着，一边说"天啊，原来是这样啊。""哎呀，这可怎么得了？""你真好，想得这么深、这么远"。倾听中没有意见和建议，只是非常真诚地"随声附和"。说来也对，哪个说话的人是真心想要讨教什么，其实都是心中已有主意，不过是想多个人助助声势。她这做法收效很好，很多朋友都和她相处的很好。这个法子我其实不愿意教给孩子，觉得这样的活法有点儿浪费。生命啊，就这么一天天流过去，所有热情都投放在这里，再没有余量分给别的事，明明有文思，平生无作品；明明有能力，平生无成绩。过着过着，就老了，接着就要退休了。

我一直在想：人的能量都去哪儿了？

就像一个皮袋子，早晨充饱了气，然后起床、洗脸、刷牙、做饭，吃过饭上班，下了班逛街，逛完街看电视、打麻将，气就一点儿一点儿泄出去了，到了晚上，消耗见底。然后上床睡觉，继续充气。日复一日，年复一年。孩子们个儿头小袋子大，盛的气怎么耗都耗不完的样子，让睡都不肯睡。我这个年龄，到中午气囊就有点儿见底，需要午睡。到了晚上，彻底耗完，稍微晚眠，次日就累困乏力。

有的人事业有成就、有的人谈吐有见识、有的人平庸到天天油盐柴米，就是把这气用在哪里的问题。同样是油盐柴米，若能量全部贯注进去，也能培养出好厨师；同样是上班，若能量全部贯注进去，也能培养出好干将；同样是上学，若能量全部贯注进去，也能培养出科学家、作家。

雨都下到哪儿去了？低下头，看自己：吃什么饭、穿什么衣、读什么书、做什么事、看什么天，一步一步，要走向哪里去。

吞下一份苦

崔修建

那个秋天，经过几番严格的考核，计算机专业毕业的阿基和另外三名高材生，如愿地走进了坐落在硅谷的一家著名科技公司总部。

然而，报到的第一天，他们便惊愕了——人事部经理一脸平淡地通知他们，去清扫整栋大楼所有的卫生间。

当弄清楚这一安排的真实性后，一名博士生觉得受了侮辱，当即愤然摔门而去。阿基和另外两个满腹才学的受聘者，尽管装了一肚子的困惑和不满，还是找到了那位即将退休的、负责整栋楼卫生的约翰老人，从老人那里领了工具，开始逐一地清扫大楼内的51个卫生间。

偏偏那个约翰老人又特别认真，三个平素习惯了脑力劳动的年轻人，尽管累得气喘吁吁，他仍毫不留情地一再批评他们干得不好，不断让他们返工，直到把一个个卫生间弄得干干净净。

一个月过去了，一位年轻人受不了辛苦和批评，拿着极低的薪水离开了那栋聚集智慧与财富的大楼，去了一家电脑公司。

阿基和另一个叫迈克的小伙子又接着干了十多天，仍未见到公司任何人来过问他们，给他们安排新的工作。迈克带着失望，结束了自己的"廉价劳动生涯"，跳槽到另一家大公司，做了技术人员。

奇怪的是，人已走了三个，公司却不再增补，原来要三个人干的活儿，现在全压在阿基身上了。尽管他累得几乎要虚脱了，可他仍咬着牙坚持着。约翰老人曾不解地问他："小伙子，你想一辈子在这里打扫卫生间吗？"

阿基摇头："当然不会的，但我相信这份工作是有必要的。"

约翰老人看着阿基一脸的坚定，没再说什么，这是他多年来所遇到最有韧性、最能吃苦的一个小伙子。

清扫了整整100天的卫生间后，阿基接到公司的重大任命——去渥太华任公司在海外最大分公司的CEO。这时，阿基微微一笑，仿佛一切都在他的意料之中。而他的坚韧与果决，很快就在工作中显现出来，让任命他的总裁很满意。

数年后，当年与阿基同时应聘的那三位高材生虽然都找到一份不错的工作，都衣食无忧，但其业绩均是平平，唯有阿基才华尽展，很快坐到了该公司副总裁的位置上。在麻省理工学院的一次讲演中，阿基用了这样一个简单而让人深思的题目——《吞下一份苦》。

在每个人生命的旅途上，经常会遇到许多甜的诱惑和许多苦的阻拦。获取渊博的才识、拥有辉煌的业绩、找到幸福的生活，都需要吞下许许多多的苦。同样，抓住擦肩而过的一个机遇，也需要吞下一份苦。

吞下一份苦，不仅体现一种坚韧的品性，还折射出一种人生智慧。吞下一份苦，就是暂时忘却那份诱惑目光的甜，就是把视野投向远方。所谓的"吃得苦中苦，方为人上人"，就是对此所做的最通俗的解释。

不肯吞下眼前的一份苦，失去的可能不止是前面的一份甜。现实生活中，有很多急功近利者，他们当初不愿意吃一点点儿苦，结果却是频频地吃苦，甚至吃到了一生懊悔不已的大苦。但愿阿基的故事能给我们一个启示。

把最简单的事做得最好

千千静听

今年2月，北京大学的一间教室内，当教授正在讲授着精彩的法学案例时，台下却有一位学生一直在低头深思索着什么。原来他是北大法学院一名硕士研究生，还有三个月就要毕业了，但却越来越不知道干什么，他开始畏惧每天挤两个小时地铁上下班的律师生活，也畏惧循规蹈矩的公务员生活，于是他内心里有了做餐饮创业的想法，可是堂堂的北大硕士去做餐饮卖苦力这值得吗？他很矛盾。

他爱好美食，有着不错的厨艺，大学读本科时，曾成功开过两家快餐店，但后来因为学业忙碌没有继续下去。这成了他心中一个未圆的梦。

没想到下课了教授意外地走到了他身边。原来课上他没认真听讲，教授全看在眼里，于是教授问他："有什么烦心事吗？"他沉闷地回答："老师，毕业了我想开家小吃店，但怕遭到人们的嘲笑。"教授听完笑着鼓励他说："社会岗位无高低之分，只是分工有所不同罢了。只要你选择好目标，即使是一件最简单事也要做得更好，老师相信你。"教授的话让他茅塞顿开。

思想包袱卸下后，他开始想，究竟开一家什么样的餐馆呢？一个周末，他一个人心血来潮去爬八达岭，中午饥肠辘辘时候他想吃一碗正宗湖南老家的牛肉粉。可是拿出手机百度了好久，却没有找到了一家正宗的湖南牛肉粉店，这让他非常失望，但同时还得到了启发，他想到了开一家"牛肉粉"店

定下目标后，为了能够做出最正宗的湖南常德牛肉米粉，他特意回到老家几乎吃遍所有牛肉米粉店，最后死缠烂打才把一家最正宗牛肉粉店的"独门秘方"弄到手。同时，在他伟大创业蓝图的精心描绘下，还吸引了三个合作伙伴，他的同学法学硕士柳啸、宋硕和本科毕业生表弟周全。

他们共同凑了15万元，在环球金融中心地下室租下了一家30多平米的店面，2014年4月4日，"伏牛堂"常德津市牛肉粉馆正式开业了。

开业的第一天，他们与众不同的创业经历也引来网络和新闻媒体的报道。顾客一方面是好奇，一方面也想品尝一下他们做的牛肉粉，很多食客纷纷慕名而来，生意更是节节攀升，常常只能容纳14名顾客的店却一下来了30多人。

一天，店里来了一位顾客，点了一碗牛肉粉。因为用餐的人太多，他要的这碗粉整整10分钟才上来。等他拿起筷子吃了一口牛肉粉后，眉头开始紧皱，一副难以下咽的模样，然后他端起这碗粉唤来了张天一，"兄弟，生意在忙，米粉质量也应该有保证吧，你尝尝，这碗粉煮的不到时间太硬了，让我怎么吃？"张天一好奇地用筷子挑起一根米粉尝了尝，果真如此。他满脸歉意地对这位顾客说："太对不起了！是

我们的失误，我为你免费重煮一碗。"正因为这件事让他做出了重要的决定——今后为了保证牛肉粉的质量，开始限量销售，每天只卖120碗，上午70份，下午50份，而且还保证米粉内绝不调加明胶。

张天一说："我的店内挂着'硕士粉，良心粉'的海报，我要对得起自己的良心，牛肉粉质量一定要有保证，绝不没能赚昧着良心的钱。"

"伏牛堂"牛肉粉的火爆，让他看到了里面巨大的商机，接着有一家风投公司愿意进行投资，于是他第二家米粉店6月25日正式挂牌营业，生意同样的火爆。

就是这样凭借着他们一点一滴的努力，米粉，这个曾经街头摊边的小买卖，让他们打理得有声有色。"伏牛堂"的开业仅仅3个月，但却创造财富传奇，他靠一碗来自家乡湖南常德的牛肉米粉在很短时间内就开了两家分店，共计卖出1.43万碗米粉，月营业额达到15万元，月赚几万元，店员也从最初的四人发展到十多人，"伏牛堂"牛肉米粉店早已是声名远播。

当有记者采访时，问他成功的秘诀是什么？他说，我发现这个世界上最难的事情，就是做好一件看上去很简单的小事情。卖米粉，不是简单地为挣钱，也不是单纯追求创业成功，我希望在这个过程中找到自己。同样是做一枚小小的螺丝钉，我至少觉得那个踏实牢靠。

是啊，为梦想付出，为梦想拼搏，其实就是把最简单的事情做到最好。

小烧饼大梦想

成 子

　　每天下午放学时间一到，沈阳化工大学校门口就会出现许多小吃摊。2014年9月新学期刚开始，人们突然发现有一个叫"情侣烧饼"的摊位特别火，每天这个摊位前总会排起长长的队伍，摊主是一对大学生情侣，他们总是一边做饼，一边乐呵呵地和排队的大学生聊天："咱们是校友，我和女朋友都是化工大学毕业的呢，吃好再来呀！"

　　不错，摊主王洪巍和女朋友晓翠三年前就毕业于沈阳化工大学。毕业时他们和其他同学一样，希望找到一份好工作，让心中的抱负和才华有机会得以施展。他俩还算很幸运，毕业后被陕西一家煤业集团录取了，当时公司承诺一段时间后，可以派他们去国外的项目上工作。正当他们想着可以为理想和事业而奋斗的时候，国外的项目被叫停了，出国工作的机会没了，每天面对的只是琐碎而重复的工作，虽然月薪有数千元，但王洪巍觉得这样的生活没有挑战性，心中的梦想无法实现，于是他和女友辞职到北京闯荡。

　　在北京，王洪巍才真正尝到了求职的艰难。虽然参加了很多公司的面试，但都不顺利，这时候王洪巍就产生了自己创业打拼的想法，可是苦于还没有资金和好的项目。在此期间他被一家销售公司录用了，虽不是自己喜欢的工作，但为了生存他还是接受了。勤快聪明的王洪巍工作干的还不错，白天到处跑业务，为生存而奔忙，晚上回到出租房，连口热饭都吃不上，但是心中创业的梦想一直没有放下。2014年初，王洪巍出差去上海，在浙江大学门前的小摊上吃了一次梅菜扣肉馅烧饼，简直太好吃了，而且当时买烧饼的大学生特别多。于是在吃完两个烧饼后，王洪巍就决定了回家创业，就从这种投资小的烧饼做起。

王洪巍的想法也得到了女朋友晓翠的大力支持，于是两人辞去北京的工作，开始了创业的准备。"要做就要做最好的烧饼，而且要做成连锁的方式"这是王洪巍的信念，可是没有技术怎么办？王洪巍就到处走到处尝，还实地考察了黄太吉、糖太宗这些成功的项目，但觉得都不是他想做的。后来听说安徽有一位师傅的烧饼做的特别好吃。王洪巍就坐了28个小时的火车，专门去安徽找到了那位师傅，一开始师傅不愿把自己的手艺教给王洪巍，他认为王洪巍一定是头脑发热，谁年纪轻轻的能一辈子做这个啊，况且还是一个刚刚毕业不久的大学生。可是当他听了王洪巍的想法后，觉得眼前这个小伙子是个有远大抱负的年轻人，才决定把自己的手艺倾心传授给王洪巍。和面、做馅、烧炉子、贴烧饼，每一步他都学得相当认真，不到三个月王洪巍就掌握了制作烧饼的全部技艺。

手艺学到手了，王洪巍和女朋友向同学借了2万元钱，买餐亭、支炉子、准备面粉肉馅，说干就干了起来，烧饼摊红红火火地开张了。他们决定将创业的第一站选在母校沈阳化工大学门前，支好小摊车，他们开始娴熟地擀皮、包馅、贴烧饼……不到两分钟，一个个香气扑鼻的梅菜扣肉烧饼就做好了。为了打开销路，开业的头一周顾客可以免费品尝他们的烧饼。他还精心制作了烧饼包装袋，纸袋上面印有小情侣的卡通图案以及手机、微信、QQ、二维码等各种联系方式，全方位推销他的烧饼。

开业才刚刚两个多月，他们的烧饼每天就能卖出上千张，收入也远远超出预期。现在，王洪巍正在寻租店面，准备扩大规模。

面对媒体采访时，王洪巍说："我们不只是摆地摊卖烧饼的小商贩，而是在用心做一份事业。只要心存远大的梦想，敢于拼搏，小事业就会不断做大做强，人生目标就会一步步得以实现。"

花儿不管也不问

吕　麦

　　毕克很郁闷，非常郁闷。他觉得自己倒霉透了——生活在这样的环境。

　　毕克的父母都是普通工人。你知道的，这样的人，没地位，收入不高。尽管父母为了能让宝贝儿子有个独立的房间，用大半生的积蓄在瓦德尔街区买了套公寓。但这让毕克更闹心。

　　瓦德尔街，是条破旧的老街。他们的公寓，不仅是二手的，而且楼下就是一条车来车往的三级公路。一天二十四小时，噪音和灰尘让毕克憎恨不已。由于灰尘太大，毕克还患上了过敏性鼻炎，常常连续不断地打喷嚏。更让他无法忍受的是，楼上的居民素质低下，明明楼后小巷子里有垃圾房，可他们偏偏偷懒，总是把垃圾随手抛到楼房前房顶平台上。任那一袋一袋垃圾，堆在离自家阳台不远的地方，发酵、腐烂，散发出难闻的臭味。身处这样的环境，怎不令人烦恼、沮丧？

　　毕克每想到好友路奇住在环境优美、幽静的高级公寓里，就变得格外颓唐和消沉。

　　“唉，住在这样的破地方，我干什么都没劲、没心情。烦、烦、烦啊！"毕克抱着脑袋痛苦地哀叹，有时还冲着父母大叫大嚷。

父母有什么法子呢？他们只能对儿子说："我们已经尽力了。如今你也成年了，剩下来的日子要怎么过，过什么样的日子，全靠你自己了。嫌这里不好，你就必须努力。"

毕克清醒的时候，也明白这个道理——必须靠自己的努力和奋斗，改变现状。何况自己还是个男孩，只有靠自己，必须靠自己。

然而，每当他呆在家里，想看书、学习，好好做点什么时，汽车的喧嚣和飞扬的尘土，即刻就让他情绪变坏，心烦意乱，开抱怨在这样恶劣的环境里，什么也做不了。

春寒料峭的周末，毕克做完功课之余，在家帮人翻译日文资料，一来加强自己的外语水平和能力，二来赚点外快。可汽车喇叭声搅扰得他不得安宁。他狂躁地在屋里转了几圈，想到阳台上吹吹风。虽然对面平台上的空气污浊，但只能这样了。

毕克郁郁地拉开阳台窗户，紧皱着眉头。忽然，他眼睛一亮，心中剧烈地一动。

一团星星点点的粉嫩、娇红，像雨后的彩虹，又像雪地上的樱桃，牵引着他的心和眼线。那是什么？一小堆腐烂的垃圾还有枯草上，摇摆着一棵小树，七八根细细的枝条，随意伸展着。而且正对着自家窗户的那根枝条上，点缀着十几粒咧开嘴的花苞。只待春风一吹，煦阳一照，就会开花。

天啊，那是一棵小桃树。瘦小羸弱，定是楼上什么人，吃了桃，随手把核扔进了那堆垃圾中间。它竟然悄悄发芽、抽枝、长大。不过，肯定不是今年才长出来的。一定是在去年，前年，甚至更久之前……

第二天早晨，桃花果然开满枝头，阳光下，迎风摇曳。

"天啊，一棵桃树长在肮脏的垃圾堆上，竟然还能开花。而且开的花儿，和所有桃花一样灿烂，娇艳，迷人。不，比别的桃花更迷人。因为它周边的糟糕环境，更加衬托出它的鲜艳和美丽。"毕克惊奇又兴奋，一边用手机拍了下来，一边对身旁观赏这"奇迹"的老爸感叹。

老爸意味深长地说："它既然是一棵桃树，为什么不开出好看的花儿呢？花儿不管，也不问自己是长在垃圾堆上、还是公园的花丛里，只要春天来了，它就知道自己应该开花。"

老爸的话，像一把神奇的剑，挑开了毕克心里的迷障，是的，花儿不管，也不问。不论身处怎样的环境，只管努力开花，绽放美丽。那么，我呢？竟然连一棵桃树都不如？

毕克不仅有了和春天一样美妙的好心情，更多了一种平静和坚韧。偶尔，心情烦躁的时候，只要看看手机里的这棵桃花，就像沐浴了一场甘霖，还有什么理由抱怨、放弃呢？加油！

烫手的机遇

崔鹤同

　　成都阳光男孩王博豪，从小就喜欢对各种家电进行"研究"，小到自己的电动玩具，大到彩电、冰箱，他都不管三七二十一先拆了再说。面对他在家中进行的破坏性"研究"，他的父母除了听之任之外，也给儿子取了一个贴切的绰号——"破坏之王"。

　　那是在王博豪读高二时，一次家中灯泡突然坏了。妈妈换灯泡时用手去抓，滚烫的灯泡把妈妈的手烫了。妈妈一哆嗦本能地松开手，灯泡又掉在他的头上，差点儿烫了他的脸。当时他也摸了摸这发烫的灯泡，好烫呀！怎么会这么烫呢？他非常心疼妈妈，同时也想：灯泡为什么要发烫？如果不发烫不是可以节约很多能量吗？这可是一个值得思考的问题。在好奇心的趋动下，开始着手搜集各种相关资料，在搞清楚了白炽灯的发光原理后，他就想找一种不发热的灯来取代白炽灯，这样就能最大限度地节约电能。后来他在父母和老师的帮助下，经过不断完善和改进，终于利用LED研制成了一种节能效果更好的环保灯。

　　"LED"是"发光二极管"的英文简写。LED可将电能完全转化成光能，这样既避免了传统灯泡在热能方面的浪费，又因采用LED后灯管中没有添加有毒气体，并采用防爆工程塑料制作灯泡，也避免了传统玻璃易碎的缺点。王博豪的节能灯由不同数量的LED组成后，能产生不同的亮度。更独特的是，只要一盏灯的LED数量在100颗以内，它的功耗都是1.7瓦。2008年7月，王博豪获得了国家"实用新型专利证书"。诱惑总是伴随着成功，没多久，王博豪就收到一封来自北京一家研究所的信。对方开口大方，说要出5000万元买王博豪的专利。王博豪拒绝了。

一个高二的学生，面对5000万元能不动心？王博豪说，说不动心肯定是吹的。5000万到手，一夜之间，他就成了千万富翁。所以，只要一想那一点头就能到手的"5000万"都是一种煎熬。高中时就一心向往创业，正是创业的梦想最终支撑他扛住了诱惑。

2008年考上大学的王博豪跟亲戚朋友借了30万元，租了一个小房子，成立了登峰节能环保灯厂，开始和几个同学自己制造、装配灯泡。当时头脑一发热，就做出了10万只灯泡。但几个月下来，只卖出去1000只，他的雄心壮志几乎被残酷的现实击垮。

这次教训让王博豪意识到，公司要想生存下去必须打开销路。于是他组织上千名大学生到成都的大街小巷去散发传单，自己到各贴吧、论坛发帖，他还与建材工程商合作。终于王博豪渐渐地打开了销路。2009年他卖出了100万只灯泡，个人资产也超过了百万。

2009年哥本哈根会议之后，王博豪懂得了用"低碳"来包装产品。他向成都市青年（大学生）创业项目库递交了申请，让公司入驻了锦江区大学生创业园，享受相关优惠政策，并得到了专门为中小企业提供融资帮助的"金翅膀工程"100万元贷款。成都市有关领导，看到LED节能灯后十分感兴趣，指示相关部门采购一批。现在，政府采购量不断攀升。此外还有灾后重建的许多项目，也因低碳考虑选择了LED节能灯。

让人惊喜的是，王博豪发明、生产的LED灯泡，居然卖进了上海世博会。而且他的LED灯已通过欧洲节能基金的3万小时监测，这个证书将正式为他打开进军国际市场的大门。2012年，这种LED节能灯点亮了伦敦奥运会会场。

"80后从来不缺少想法和创意，缺少的只是把事情坚持到底的决心。"身为四川博豪登峰科技有限公司董事长的王博豪说。

面对烫手的机遇，拿出气魄和胆识，就能迈上成功之巅，从而登峰造极，光芒四射。

第二辑

你说要有光，
于是就有了光

愚公移山是因为他觉得他的子子孙孙无穷匮也，而山却不加增，所以他有信心。虽然这信心如此无稽，全不顾自己在庞大的山体面前微小如一粒沙，可是这粒沙却真的把山移动了。我们不肯移山，因为我们把实际问题考虑得太实际，甚至没有哪怕一粒沙那么大的信心。所以愚公欺负山，我们被山欺负。

所以，如果现实不够理想，我们就努力并增加信心，让它变得理想。

"现实点儿"是一句中式诅咒

罗 西

错过很多喜欢的，是因为你心里有个诅咒一样的中式警句：现实点儿。

中国人特别现实，也被现实所困，我觉得这不该是我们的优点。

一个女人在两个男人中犹豫不决：一个穷，帅；一个富，个性不好，长相又丑。现实点儿是看钱，不现实是看脸。问我怎么办。我就把马云最近在湖畔大学开班时讲的一句话送给她：有些事情也许是对的，有利的，但也要选择喜欢的。人生苦短，何必太为难自己。更何况，真理、实惠也不全是因为你"现实点儿"就能实现的。

胜利、快乐哪有是妥协来的？很多时候所谓"现实点儿"，其实就是逃避，是怯弱，是剥削自己，是委曲求全。

中国人太现实，活该被现实欺凌得面目全非。

朋友林育程创业后，做了几个项目，后来还是决定做爱做的，创办一本高端杂志《古典工艺家具》(后改名《中国古典家具》)，这是一本"细分"杂志，他一做就是7年。有人说，现实点儿，这个节奏太慢了，他偏偏要的是自己的理想，因为理想意味着自己喜欢。

　　作为一家传媒公司的创始人，林育程是文化人也创业者，他只坚持做一件事情：有格调地"真善美"，相信好的遇见好的。他也是一家民间慈善组织"海绵团"的发起人之一，他每做一笔生意就意味着新交上一个朋友，不像有的人做一笔生意就等于多一个仇人。有人说，做生意，应酬是"必要的恶"，比如，常常有人激他：林总你干了这一瓶，合同就签了。他不吃这一套，"我可以不要这单生意"，他说这话时，是如此痛快、骄傲，甚至有点儿任性。

　　七年兢兢业业地经营着全国第一本古典红木家具的专业期刊，现在他正要推出"中国风"器物严选平台，要做"中国文人用品"的大买手，可谓水到渠成。有一次，一个客户也是他杂志的读者打电话给他，一听林的声音就觉得不对，语调怎么没有以往的爽朗，就问："林总，如果是感情的事我帮不了，如果是钱的事我来！"那时林总是遇到一个困难，正急需50万元现金，就招认了，结果仿佛话音未落那客户就打来55万元，不要借条，二话不说。

　　林育程感慨说："现实点儿"这三个字，是人类进步最重要的阻力之一。许多我们现在享受的人类文明的成果，如果当初那位担当者"现实点儿"，就不会有这些成果。

　　理想主义者也吸引理想主义者，你妥协现实，现实却不一定为你买单，因为他们更现实。"现实点儿"是一种不健康的世界观，持这种世界观的人倾向于认为世界就是这样的，而不会去想世界应该是怎么样的。比如在遭遇不公的时候，不会去想着改变这个不公的事实，而是如何在这个不公的条件下获得最大的利益。与其相反的是理想主义。如何反驳"现实点儿，这个社会就是这样"，知乎上有人这样妙答：你是怎样，你的世界就是怎样。

凡是遇到问题，几乎所有的谆谆教导都是劝你现实点儿。所谓现实点儿往往其潜台词是世故、势利，现实主义就是清楚利害关系后的利己主义，太"现实"往往与虚伪自私捆绑销售。

而理想无非就是那么一点儿脾气，活着也无非就是为了争一口气。"现实点儿"是小聪明，却不是真智慧。有人说，中国人太现实，德国人很务实，显然前者是被嘲笑的后者是被褒扬的。现实侧重于"经过利弊权衡的考量"，更自私；务实侧重于"确实的执行能力"，更诚实。

尊重你的喜欢，尊重你的理想。现实不是一味妥协，生命要精彩，你得勇敢一点儿。如果现实是黑暗，你更要阳光。

把轮椅放倒，躺下身子来观察小动物的大作家

金明春

　　1951年1月4日，下着雪，一场很大很大的雪。在这场大雪来临的同时，一个幼小的生命也诞生了。

　　这个婴儿慢慢长大。走出家门，胡同、土路、一个个院门都是他眼中的世界。然后，他向天上望去，圆圆的太阳挂在天上，他喜欢看太阳，直看得他眼前发黑，他闭上一会儿眼，然后再看。为什么他喜欢看太阳呢？原来，他是跟着奶奶长大的，他盼望见到妈妈，他曾经问过奶奶："妈妈是不是就从太阳里回来？"

　　上小学了，他的贪玩、顽皮是出了名的。他住的地方有一座庙，年久失修早已破落。放了学，他和他的伙伴们不回家。他们有一个去处，就是这个庙。在这里，他们发现了草丛中的死猫。在这里，他们发现了老树上的鸟巢。在这里，他们拥有了快乐的童年。护法天神的兵器成了他们自己的游戏兵器。他们挥舞着，在大殿中跑来跑去、砍砍杀杀，他们模仿着一场场战斗的场面，"硝烟弥漫"着整个庙宇。在这里，他们还可以捉蚂蚱、逮蜻蜓、弹球儿、扇三角，玩得不亦乐乎。

有时，这里也成了他们集体阅读的地方。那时，大家都买不起连环画，但又特别喜欢看，怎么办？只好租来看。"众筹"更是租书省钱的好办法。有时租期紧，大家没法轮流一遍来看，就来这里，大家一起看，有一个人捧着书，其他人围在一旁，围拢在一起来看。等到所有人都说看完了，才翻下一页。为此，大家都埋怨看得最慢的那个人"真慢！真笨！"

　　当然，这里也是他们抄袭作业的好地方，因为这里没有老师、没有家长，可以放心大胆地抄。

　　写完了的，抄完了的便开始了游戏，并且在游戏中做出夸张的声音来刺激那些还在抄作业的同伴。早已心不在焉的同伴一边抄，一边喊："你们慢点儿，等等我！"

　　是奶奶带大的他，他喜欢听奶奶讲故事，因为奶奶讲的故事与别人讲的不一样，别人讲：地上死一个人，天上就熄灭了一颗星星。但奶奶讲：地上死一个人，天上就又多了一颗星星。他问奶奶为什么地上死一个人，天上就又多了一颗星星，奶奶说："人死了，就变成一颗星星。"他问："干嘛变成星星呀？"奶奶说："给走夜路的人照个亮儿……"

　　这些，无疑在他幼小的心灵里埋下了善良的种子。

　　他很孝顺奶奶，奶奶常常腰疼、背疼，他站到奶奶身上给奶奶踩腰、踩背。奶奶奶轻松多了，不停地夸奖他："小脚丫踩上去，软软乎乎的，真好受。"他说："那我以后长大了我还给您踩腰。"奶奶笑着说："哟，等你大了，成了男子汉了，都一百多斤了，那还不把我踩疼了？"

　　有一次，校园里的空地上种上了花。老师用几块木牌立在花圃的边延上，木牌上写着：让祖国变成美丽的大花园。

有一次，学校举办庆祝"五·一"节文艺演出，这位老师扮成一棵大树，学生们扮成花朵。

扮演大树的老师说道："啊，春天来了，山也绿了，水也蓝了。看呀孩子们，那远处的浓烟是什么？"

扮演花朵的学生们齐声回答："是工厂里炉火熊熊！是田野上烧荒播种！是时代的车轮滚滚向前！"

扮演大树的老师说道："想想吧，桃花、杏花和梨花，你们要为这伟大的时代做些什么？"

扮演花朵的学生们齐声回答："努力学习，健康成长，为人类贡献甘甜的果实！"

他长大了。

后来，他又经历了很多。可是有一天，他瘫痪了。

瘫痪了的他没有停下思考，没有停下写作。

观察，是写作的基础。观察的姿态，也反映了作家对事物的姿态。

他经常去地坛，他是把轮椅放倒，把视线、视角放低了，只为观察小动物、小植物。正是在这种观察下，他才写出下面的文字：

"园墙在金晃晃的空气中斜切下一溜荫凉，我把轮椅开进去，把椅背放倒，坐着或是躺着，看书或者想事，撅一杈树枝左右拍打，驱赶那些和我一样不明白为什么要来这世上的小昆虫。"

"蜂儿如一朵小雾稳稳地停在半空；蚂蚁摇头晃脑捋着触

须，猛然间想透了什么，转身疾行而去；瓢虫爬得不耐烦了，累了祈祷一会儿便支开翅膀，忽悠一下升空了；树干上留着一只蝉蜕，寂寞如一间空屋；露水在草叶上滚动，聚集，压弯了草叶轰然坠地摔开万道金光。""满园子都是草木竞相生长弄出的响动，悉悉碎碎片刻不息。"

他就是史铁生，中国电影编剧，著名小说家，文学家。

主要作品有：中短篇小说集《我的遥远的清平湾》《命若琴弦》等；长篇小说《务虚笔记》；散文、随笔集《我与地坛》《病隙碎笔》。史铁生是当代中国最令人敬佩的作家之一。他严于律己，品德高尚，是作家中的楷模。2010年12月31日凌晨3点46分，史铁生因突发脑溢血在北京宣武医院抢救无效去世。根据其生前遗愿，他的脊椎、大脑将捐给医学研究；他的肝脏将捐给需要的患者。

他获得了华语文学传媒大奖"2002年度杰出成就奖"，华语文学传媒大奖"2002年度杰出成就奖"给他的授奖词是：

他的写作与他的生命完全连在了一起，在自己的"写作之夜"，史铁生用残缺的身体，说出了最为健全而丰满的思想。他体验到的是生命的苦难，表达出的却是存在的明朗和欢乐，他睿智的言辞，照亮的反而是我们日益幽暗的内心。他的《病隙碎笔》作为二OO二年度中国文学最为重要的收获，一如既往地思考着生与死、残缺与爱情、苦难与信仰、写作与艺术等重大问题，并解答了"我"如何在场、如何活出意义来这些普遍性的精神难题。当多数作家在消费主义时代里放弃面对人的基本状况时，史铁生却居住在自己的内心，仍旧苦苦追索人之为人的价值和光辉，仍旧坚定地向存在的荒凉地带进发，坚定地与未明事物作斗争，这种勇气和执着，深深地唤起了我们对自身所处境遇的警醒和关怀。

他的身躯无法站立起来，但是他的精神像一座宏伟的建筑屹立在我们的文化时空里。

每个人都有梦想

[美]维吉尼亚·萨提亚 / 文
庞启帆 / 译

　　10年前，艾尔·科丹在南半球的一个比较落后的国家从事一项特殊的工作。他所做的工作是唤醒那些依赖社会救济生活的人自力更生的欲望与能力。他请求当地政府部门召集一组依赖社会救济的人，这些人来自不同的种族和不同的宗族。然后每个周五他都花三个小时与这些人在一起。有需要的话，他也会向政府申请一点儿现金带到工作现场。

　　那天，和每个人握手之后，科丹说的第一句话是："我想知道你们每个人的梦想是什么？"听到科丹的话，每个人都奇怪地看着他，他们的眼神就像看一个疯子。"梦想？我们没有梦想。"其中的一个男子说道。

　　科丹耸耸肩，说："那么，当你们年轻的时候有过什么想实现的事情？难道你们现在都忘了这些曾经想实现的事情？"

　　一个女人大声说："我不知道你说的梦想有什么用。我的孩子被老鼠咬伤了，这是我目前最揪心的事。"

　　"老天，"科丹说，"太可怕了！当然，目前最需要解决的问题就是那些老鼠和你的孩子。你需要什么帮助？"

　　"嗯，我想要一个新的纱门，因为我家的纱门破了一个洞。"

科丹问众人："这里有会修纱门的人吗？"

人群中一个40多岁的男子举手应道："很久以前我干过这种活，但现在我的技术差不多都忘了。不过，我还是想试试。"

"我身上有一点儿钱，你可以拿这钱去商店买材料，然后去帮这位女士修纱门。"科丹告诉他。顿了顿，科丹又问："你认为你能做好这件事吗？"

"是的，我会尽力的。"男子答道。

一周后，当人们又聚在一起的时候，科丹问那个女人："你家的纱门修好了吗？"

"哦，修好了。"她说，"我们可以开始我们的梦想了，不是吗？"说完，她给了科丹一个微笑。

科丹问那个修纱门的男子："感觉怎样？"

男子答道："哦，你知道，那是一件非常开心的事。我的心情从来没有现在这么好过，并且我觉得现在的生活比以前有意义多了。"

这些看起来很小的成功让人们看到了梦想并不是荒唐的。他们已开始感觉到，有些事情真的可以实现。

科丹开始问其他人的梦想。一个女人说她一直都想成为一名秘书。"是什么妨碍了你的梦想实现呢？"科丹问。

她沉吟片刻，说："我有六个孩子，如果我离开家，就没有人照顾他们了。"

"我们来找一个解决的办法。"科丹说。

"当这位女士去职业学院参加培训的时候，有谁可以一周去她家一到两天帮她照顾她的六个孩子？"

一个女人说："我也有孩子，但我可以做这件事。"

"我们都行动起来吧。"科丹说。一个计划产生了，那个一心想做秘书的女人随后去了某个职业学院参加夜校培训。

每个人都找到了事情做。那个修纱门的男人成了一名杂物工，那个去照看小孩的女人成了一名专职的护理员。12周后，这组原本依赖社会救济生活的人没有一个再需要社会救济了。

用阳光的力量作画

成 子

　　乔丹·芒奥桑是菲律宾伊哥洛特人，上小学时，他就对绘画产生了浓厚的兴趣，经常在用过的书本上练习绘画，有时还在树叶上、废旧的纸壳和篷布上作画。小学毕业时，芒奥桑就获得了"年度少年艺术家"的称号。

　　得到认同的芒奥桑一直坚持着自己的爱好，直到19岁高中毕业他才正式踏上了艺术创作的职业生涯。高考落榜的那个夏天，芒奥桑每天在家以练习绘画消磨着无聊的时光。一天，他实在画累了，来到室外准备坐在一颗树下休息一会儿，却看到树干上爬满了蚂蚁。芒奥桑想起了自己小时候用啤酒瓶底聚焦阳光烤蚂蚁的游戏来，一时兴起，他返回屋内拿出一个放大镜来，像个淘气的孩子用放大镜聚焦太阳光烤起树上的蚂蚁来。当芒奥桑感觉到拿放大镜的手臂有些酸疼时，已经过去半个下午了，他揉了揉干涩的双眼，将目光再次移到到树干上时，发现树干已经被他烤出了密密麻麻的黑点，仔细一看，这些黑点很像一个马蜂窝，而且上面还落满了大大小小的蜜蜂。

　　看着这个酷似马蜂窝的图案，一个大胆的想法在芒奥桑的脑海闪现：我一定要用这种聚焦阳光的方式在木板上烫出世上最美丽的图画！十多天后，第一幅用阳光的力量烫出的画作完成了。可令芒奥桑沮丧的是，炙烤出的玫瑰花一点儿立体感都没有。

这样的结果并没有让芒奥桑灰心，反而更激发了他对艺术不懈追求的兴致和决心。芒奥桑认为，这种烫画是由一个个焦点组成的，那么，每个烫焦点的大小深浅的合理布局就决定了画面的立体感。在第一幅画中由于对每个焦点的烤烫火候把握不到位，以至于焦点大小排列不均、颜色深浅不一，画面才缺乏立体感。如果能运用自如地烧出各种不同的焦点就能解决这个问题。

接下来，芒奥桑就决定先从烫一个个焦点练起。在练习烫每个焦点的时候，芒奥桑都是小心处理放大镜的位置以获取不同热量的太阳光，经过一年多的苦练，不知烤坏了多少块木板，芒奥桑也积累了很多经验，基本掌握了烤出各种不同焦点的要领和技巧。

到了练习烫画的时候，芒奥桑首先在木板上画好草图，然后用放大镜聚焦太阳光，在草图上烫出一个个焦点。同时通过焦点的大小和排列疏密调整画面的立体感，画面染色深的地方焦点就大些、深些、排列得紧密些，颜色浅的地方则相反，画面上有强光的地方则用留白处理。要想完成一幅画作，需要日复一日地坐在太阳下去照射一块木板。经过多年的苦练，芒奥桑已经把这种烫画的技艺掌握的非常娴熟了。从此，芒奥桑走上了用阳光的力量作画的艺术之路，杰作频出。

芒奥桑的烫画作品曾在菲律宾斩获多项大奖，还在美国、澳大利亚、英国等几十个国家巡展。他的烫画作品还曾印在联合国的新年贺卡上寄往世界各地。

芒奥桑在谈到成功经验时说："敢想，才能成功。在追随自己梦想的路上，只要有恒心、有毅力，经过不断的勤苦磨练，梦想终会变成现实。"

不能折断理想的翅膀

朱迎兵

　　1965年，特莱艾生于津巴布韦一个贫穷的村落，上了一年小学后，父亲便让她退学回家。辍学的特莱艾每天一等哥哥放学，就急迫地翻开哥哥的书包，缠着哥哥将所学的知识对她说一遍，然后，在院子里一块表面坑坑洼洼的大石头上完成老师布置给哥哥的作业。就是在这块石头上，特莱艾用一张小纸写下了自己的四个梦想——出国留学、读完学士、硕士和博士。然后，她按照非洲人的传统，将写着这四个梦想的纸条放进一个瓦罐里，埋在这块大石头旁，要在实现的时候打开瓦罐。

　　哥哥总能按时交上整洁的作业，课堂却答不出老师的问题，同村的老师卡嘉宁调查后知道，是妹妹一直在做着哥哥的功课。卡嘉宁恳求特莱艾的父亲让她回到学校，然而，父亲不为所动。11岁那年，特莱艾嫁人了。时光荏苒，十几年后，特莱艾已经是五个孩子的母亲，贫困的生活让当初的理想荡然无存。

　　1996年，津巴布韦遭遇了百年不遇的干旱，庄稼欠收，特莱艾家的粮食很快就吃光了。那时，她的丈夫患上了艾滋病，全家仅靠她在外面做工维持生活。

一天，特莱艾拖着疲惫的身体回到家中，孩子们饿得直哭，丈夫坐在地上叹气。她决定带着孩子和丈夫，到一直关心她的，也是村里最富裕的卡嘉宁老师家要口吃的。

来到卡嘉宁老师家，他正在用餐。在听特莱艾说明了来意后，他起身端来了几块面包。

卡嘉宁拿起一块面包，特莱艾去接，他却好像没有看到她，避开她的手，递给了她的丈夫，说："你是病人，战胜病魔需要营养。我怜悯你拥有一个无能的妻子，不能安排好你的生活，你快趁热吃吧。"特莱艾的脸霎时火烧般地热。

他又拿起几块面包，再次避开特莱艾伸过来的手，递给几个孩子，说："可怜的孩子们，你们正是长身体的时候，却要忍受饥饿的折磨，你们没有一个称职的母亲啊！"特莱艾的脸更热了。

卡嘉宁拿起最后一块面包，却没有给特莱艾，而是自己吃了起来，他边吃边说："我从不给来乞讨的、健全的成年人食物，因为这些人生性懒惰，轻易就被尘世折断了理想的翅膀。"特莱艾羞愧地低下了头。

回家后，特莱艾在曾经埋下梦想的地方久久徘徊，她决定要实现理想，亲手打开瓦罐。从此，她一边照顾全家人的生活，一边捡拾起课本，刻苦自学。

1998年，她被美国俄克拉荷马州立大学录取进。为避免五个女儿被丈夫随意嫁人，她带上丈夫和孩子一共七人到美国留学。那时助学金微薄，孩子们在上学，丈夫也因病无所事事，一家人生活窘困，被迫挤在冰冷、破旧的车库式房子里。为了生存，她打了几份工，利用一切时间学习，尽量减少睡眠。没有吃的，她就去附近的垃圾筒里，翻找别人丢弃掉的食物充饥。

生活的艰苦，特莱艾早就习惯了；她觉得最难以忍受的，是丈夫打结婚起就有的家庭暴力倾向。丈夫在屡教不改之后，被美国司法当局赶出了美国。回国不久，丈夫的病情就加重了。善良的特莱艾又把丈夫接回了美国，一直照顾他到去世。

2009年12月，她终于实现了自己的全部的四个梦想。已年近古稀的卡嘉宁先生得知消息后，第一时间给她打去了祝贺电话，并要求要亲眼看到她打开瓦罐。

人生难免遭遇不幸，如贫困、疾病、挫折等等，可面临不幸，无论如何也不能折断了理想的翅膀。让我们想象特莱艾打开瓦罐的那个时刻，与她一同欢呼。

彼得逊说："人生中，经常有无数来自外部的打击，但这些打击究竟会对你产生怎样的影响，最终决定权在你自己手中。"即使我们遇到了一个又一个困难，也要勇敢地前进，在一次次跌倒后，最终会发现，所有的磨难都是你宝贵的财富。

日日是好日

凉月满天

　　我的孩子今年高中毕业。读高三时怕得不敢参加高考，我告诉她，越害怕的越逃避不开，唯有正视现实才能打破僵局。结果，我们母女"拉锯"，她却只肯考一个职业院校。

　　但我也满足了。

　　小孩子六七岁发蒙，我的小孩发蒙得还格外早一些。她不过一周岁，就偎在一边看我读书。我告诉她里面这个叫"一"，她就用嫩嫩的小手指着，数每页纸里有几个"一"，每发现一个就咧开没牙的小嘴笑起来。

　　再后来读小学，她写的作文刊登在《小学生作文通讯》上，得了十五块钱的稿费。再后来读初中，成绩就有些平平，读高中则泯然众人矣。她虽年轻如花叶初滋，我却替她觉得胸怀苍凉，就好像求学路上，她已经是一个跋涉已久，历尽风霜的老人，多一步的路也迈不动了。

　　罢了。我可怜的孩子。

　　但她却要勤工俭学，给自己攒学费。在一个餐厅里，每天扫地抹桌，端盘上菜。抹桌的时候两只小手交替轮擦，揩抹如风，若要慢一点儿，便会被主管骂；上菜的时候又时常会碰到借酒撒疯的客人，有一次甚至把酒瓶砸到她的脚上。小小的身子，在大堂里穿梭，忙忙碌碌，来来回回。我去看过她，她站在门口迎接客人，背着人偷偷打了一个大呵欠。

我叫她不要干了，她却不肯。你看她每一天上班都像第一天上班，一换上工装，头发往脑后挽了一个利落的发髻，穿上黑绒面的平底鞋，整个人就像换了个人般散发着光彩。

现在，她又离开那家饭店，去给一个演员做临时助理。那个女演员在我们这里拍戏，短短半个月用了三个助理：第一个家里有事，走了；第二个只干了六天，嫌太累，不辞而别；然后是我的女儿。她在家里也是捧着长大的，在饭店里工作已经把手磨得粗糙开裂，露着红红的血丝；如今还替演员打伞、买饭、跑腿儿。半个多月过去了，我问她累不累，她说："妈妈，我这只半夜两点不睡觉的夜猫子，如今只要没有夜戏，晚上九点倒床上就睡，你说我累不累。"

我说不要干了吧，她却仍旧不肯。

那个学生时代的世界，她已经待得烦腻，好比花开得繁盛，旁人赞说真美，而对于花来说，它在这里已经开得太久，自己只觉得千篇一律。而到了另一个不一样的世界，她从一个历经沧桑的老人，又觉得一切都新鲜，再苦再累，日日是好日。

僧家的《碧岩录》里有一则："云门垂语云：'十五日以前不问汝，十五日以后道将一句来。'自代云：'日日是好日。'"胡兰成在《禅是一枝花》里解曰："此言是不问过去，也不问未来，而只问今天。日日是好日也不是已没有了火气的人过的纳福的日子，而是天天都在于死生成败的出边出沿。"接着又以日本相扑为例，说："力士登场，不可去想昨天的成绩，或过去数日的胜负，去想它只会造成心理负担，也不可去想明天，或尚剩几日了，若去想这个，会徒乱人意，不是骄便是怯。要只当今天是初日，是面临着初胜负，才是气旺神全。十五日都是初日，这就是'日日是好日'。好日是喜气的日子亦是险绝的日子。"

确实如此，确实如此。

唯有踏入尘世，每日都如诸葛亮一般，是初出茅庐的第一日，要教刘备验明自己的本事，要对付过关羽和张飞的责难与质疑，要排兵布阵，实现自己三分天下的雄心壮志，这时候你看他高坐中军帐，一支支令箭划拨分派。那个时候，于他真是庄严神圣、大好的日子。如此艰苦险绝地过下去，日日志气不堕，好比初初娶亲，好比初初中举，方能日日是好日。

镜前掠鬓，我也已经年过四十，白发频出，心头却仍不存休闲纳福、纳凉、纳静的心思，亦不觉得看看电视、聊聊闲天有什么大意思。眼前尚有新书未读，新事未做，心里仍有意气难平。于我而言，亦如我的女儿，每日都是初出茅庐的好日子，好花与季节商量着颜色，一朵朵地开。

着遍青衫人未老

闫荣霞

见过两个人，穿衣服都很有趣。

一个终年穿黄，黄裤、黄褂、黄腰带，脖子上还围着长长的黄围巾。神情倨傲，一任围观和议论，颇有一种"虽千万人，吾往矣"的坚定。理由？有的，他认为自己是皇家血统，非如此不足以自表身份。

另一个终年着青，青衫、布鞋，管学生叫弟子，称访客为"先生"，出门必先对镜，整理衣冠，走路时一手撩起长衫衣襟一角，微微含胸……这么个人穿行在西装革履的现代人中，谦抑而安静，自有种"也无风雨也无晴"的淡泊笃定。原因？也有的，自幼在中国传统文化里浸泡，读古诗，做古文，从骨子里觉得自己就该是一个着长衫的书生，于是他真的按照自己心愿，做了一个书生，而他不过是一个还不满30岁的年轻人。

汪曾祺有一次到老师沈从文家作客，师母炒了一盘荸荠炒肉待他。沈从文挟起一片荸荠来吃，一边领首说："嗯，不错，这个'格'比土豆高。"所谓的"格"，大约就是指的某种格调。这两人都堪称另类，不过我觉得那个年轻人的

"格"更高一些。所谓皇子皇孙，只不过一心标榜皇族后人，何曾过过一日皇亲国戚的瘾？倒是这位年轻人，生活在现代繁华都市中，却如穿行在松林空山，心里开着一朵叫做古典的花。孤独处平心静气，陶醉时旁若无人。其"格"之高，可比雪里白梅，自有一种真正的精神。

这样的人，从古到今，无论生活在哪个时代，都必定肯坚守自身的梦想，肯对浅薄繁华做一种不动声色的反抗。我在杂志上见过朱自清先生的照片，眉目清朗，眼神淡定，一看就是心中一潭深水，不闻柳浪啼莺的人。

太沉寂静默的时代需要平地惊雷，太喧嚣浮躁的世界需要一种宁静。现在喧嚣的声音，响成一派所谓个性的噪音。少有谁再肯夜半不睡，却不是蹦迪泡吧，倚翠偎红，而是独对青灯，仰观流云。爱繁华的太多，爱简单的就少了；走捷径的太多，治学问的就少了，结果珠宝晶莹的世界里，一朵又一朵虚静淡泊的花就自开自落了。

落了也不怕的，中国文化如同深黑的土壤，一粒不经意的种子落下，不一定什么时候又会长出一个精神层面完整的"人"来。

这样的人，既不随波逐流，也不刻意标新，孤独却不以孤独为苦，寂寞却能把寂寞当成真正的人生。既不为了逃避孤独，一窝蜂地别人做一样的事，发同一种声音，向同一个方向发起冲锋，也不刻意标榜孤独，所到之处用莫名其妙的"另类"把自己包装，说话莫名其妙，做事七颠八倒。

"时尚"和"另类"如同一柄双刃剑，把人心中完整的孤独切割得七损八伤，到最后，孤独就成了失落的城池，和可望而不可即的梦想，远远地旷野，任凭灯红酒绿的人们把它遗忘。但是，总有些人还会记起，还会坚持，还会为了得到自己的孤独，不惜付出非凡的努力。他们从繁华表面退步抽身，回归到心灵的平和，哪怕不着长衫、不穿布鞋、不入僧寮、不归山间，也自来的一种淡泊气息，引人向往。

我在一幅画上见到一个老人，拄着拐杖，坐在落满黄叶的长椅上，闭目沉思，画面上一片安静的金黄。这个老人已走到人生的暮年，却看起来没有失落、没有悲伤，他只是和周围景物静静融在一起，在自己孤独的领地里直面自己的灵魂。这个穿越几十年风霜雨雪的老人到达的地方，这个穿长衫的年轻人过早地抵达了。他也给自己的灵魂穿上一袭青衫，任凭外面世界风云变幻，心灵始终充实而圆满。

"休嫌淡泊来相处，若厌清贫去不留。"可惜世上嫌淡泊者多，厌清贫者众，曲高者和必寡，心净处少知音。少知音也不怕的，读书、写字，做想做的事，既不怕别人怎么看自己，也不用费尽心思看别人，活得自我、本真、踏实、从容。若能得偿此愿，哪怕着遍青衫。

不看轻自己

游宇明

在 2006 年 2 月 9 日中央电视台"感动中国"2005 年度人物颁奖典礼上，有一位嘉宾貌不惊人，职业也极其平凡，但他的出现却赢得了现场观众长久的掌声，他就是四川省凉山彝族自治州木里藏族自治县马班邮路乡邮递员王顺友。

王顺友所在的木里藏族自治县处在青藏高原南缘，横断山脉中段，境内到处是大山，全县面积一万三千四百多平方公里，人口却只有十二万多，许多地方至今都是无人区，交通极其不便。今年 41 岁的王顺友是在 22 年前接过父亲手中的缰绳成为马班邮路乡邮递员的。王顺友以前跑两条线路，来回 500 多公里，1999 年，领导照顾他，只让他跑木里县城至保波乡一条邮路，这条路来回 360 多公里，牵着骡子跑一趟需要 14 天，其中有 6 天必须在荒无人迹的大山里过夜。为了对付一个人宿营的孤独和恐惧，王顺友学会了喝酒和自编自唱山歌。做乡邮递员这么多年，王顺友每年投递报纸杂志 4000 多份，函件、包裹 2000 多件，却从来没有丢失过一件，投递准确率 100%。除了本职工作，他利用工作之便给老百姓做的好事，比如买种子、带盐巴之类。

西昌学院学生海旭燕永远忘不了一件事。2001年8月，木里县连下十几天大雨，山体大量滑坡，县城至白碉的道路被洪水糟蹋得不成样子，乡里的交通全部瘫痪。高中毕业的海旭燕正在焦急地等待自己的大学入学通知书，等啊，等啊，等到八月中旬，她灰了心。一个风雨交加的傍晚，海旭燕家的狗叫起来。海旭燕开门一看：雨里站着一个人，没穿雨衣，膝盖以下都是黄泥浆，旁边的骡子背上倒是蒙着雨布。王顺友说的第一句话是："你的通知书来了。"海旭燕感动得都说不出话，她没想到在这样的情况下还能拿到通知书，更没想到通知书居然干干净净！原来，王顺友不是没穿雨衣，而是用雨衣盖邮包了。海旭燕请他躲躲雨，王顺友谢绝了。王顺友本来可以不送这一班邮件，然而，当他看到邮件中有一封录取通知书，坐不住了，顶风冒雨赶了一天一夜的山路到了海旭燕家，在天气好的时候，这段路都要走两天两夜。

生活长着明察秋毫的眼睛，王顺友为社会付出了这么多，社会也给予了他崇高的荣誉，经过层层推荐，他成为四川省劳动模范、邮政部劳动模范、全国劳动模范、全国"五一"劳动奖章获得者。2005年，他被邀请到万国邮联作演讲，是万国邮联1874年成立以来邀请的第一个最基层、最普通的乡邮递员。他18分钟的演讲得到了各国代表的普遍好评，许多人当场流下了感动的泪水。万国邮政经营理事会主席、美国邮政国际业务副总裁詹姆斯·魏德甚至告诉王顺友：他在退休后，准备和王顺友走一趟马班邮路。

王顺友的文化程度只有小学三年级，说不出什么豪言壮语，更没有想到他一个普通的邮递员会成为名人，他只是从不看轻自己。他经常说的一句话是：咱不是一般的企业，是国家邮政，代表的是政府。因为不看轻自己，他二十年如一日坚守着乡邮递员这个普通的岗位；因为不看轻自己，他把邮递事业看成民心工程，精心呵护自己作为一个"政府人"的形象，终于使自己的工作得到广泛的认可。

世界上绝大多数职业都是平凡的，只要不看轻自己，我们就可以成就被人仰望的高度。

山顶上的你才是上帝

杨 炎

　　他出生于广东鹤山市一个普通的工薪家庭，父母都是老实巴交的邮政职工。父母的身高都在一米七以上。因为遗传的缘故，他生下来就比同龄人高，这让他处处显得傲气凌人。

　　因为工作调动的关系，他两岁时随父亲来到深圳。

　　他三岁时，就学会了怎样把家里的电器弄得四分五裂，四岁时就把邻居的孩子打得跪地求饶。他进幼儿园才一周，就成了学校里的"破坏大王"。班里的同学都不喜欢他，老师经常打电话到家里告状。

　　因为朋友越来越少，他找不到玩耍的乐趣，索性玩起了篮球。那个时候，也只有篮球才是他唯一的朋友，他有什么快乐和忧愁都会在运球的时候大声说出来，在他看来，那是很正常的事，但别人暗地里却说他是疯子。

　　七岁那年，他在深圳跟学校最有名的老师学习打篮球。

　　他相信自己能闯出一番天地，他信誓旦旦对母亲说："你们看着吧，不出十年，我将成为中国篮球史上最有价值的球员。"在家人看来，他的话只是对理想的安慰，因为，那时他是一无所有。

十岁时，他身高已经有一米八了。他一直记得当年的那个誓言，他和几个同样爱好篮球的伙伴组建了一只篮球队，取名叫"梦之队"。队伍组成后他们就开始了紧张的训练。父亲看在眼里，又喜又忧，喜的是他从儿子身上看到了当年那个顽强而又灵气逼人的自己，忧的是他担心顽皮的儿子会把上课的时间也拿来练球。

　　为了监督他的学业，父亲不得不经常请假去学校看望他。

　　他十二岁生日那天，父亲带他去游乐园玩。走到门口，父亲突然问他要不要到山上去，因为那里的体育馆正在举行一场少年职业比赛。但是等观光车的人太多，等了很久还没位子，父亲突然提出抄近路走，这样时间还能快一点儿。

　　他感到很惊讶，这里他来过几次，并没有发现父亲所说的近路。父亲笑了，拐了一个弯后指着一处陡坡说，就从这里上。

　　他愣住了。父亲没有理会他，借助旁边的一棵小树，几下就爬了上去。几分钟后，他们走到了体育馆的前面，父亲指着来的那条路，意味深长地说："孩子，成功其实就像我们争先恐后地赶到山顶，如果都去坐观光车，不知要轮到什么时候，就算坐上了，也被别人远远甩在了后面，既然都只是一个过程，为什么我们不选择其他的方式呢。比如走路，虽然前面有荆棘和陡坡，你也许需要跌倒很多次，但只要坚持下去，你总能比别人先到，也只有那样，你才能形成自己的优势啊。"

　　父亲的这番话，让他铭记在心。

因为有父亲的支持和鼓励，他很快报名参加了深圳的街头篮球比赛，虽然第一轮就被淘汰，但他没有泄气。他和队员击掌发誓，明年重新再来。

他没有想到，回到家不久，深圳体校教练戴忆新竟然闻讯而至。

他庆幸自己遇到了伯乐。由于有了专业而系统的训练，他的身高与球技直线上升。

2001年，身高达二米零二的他被入选中国国家青年队，2005年到2006年的球赛中，他以优异的成绩成为了CBA史上最年轻的总决赛最有价值球员。

他就是中国篮坛的热门人物，被称为新一代人气王的易建联。

2007年8月，他签约密尔沃基雄鹿队，成为继王治郅、巴特尔、姚明之后，第四位进军NBA的中国球员，他也是第一位到现场经历选秀过程的中国球员。

他的至理名言就是："荆棘和挫折，在一个人的理想下根本不算什么，鄙视它，爬上去，山顶上的你才是真正掌握自己命运的上帝。"

做自己的蒋家第一代

吕 麦

　　他的家族，在中国历史上，曾经显赫一方。他是这个家族的第四代人，名叫蒋友柏。

　　颀长挺拔的蒋友柏，不仅有着英俊的外表，也有着极强的个性。这个出生于台湾"第一政治家庭"的年轻人，并没有像他的先辈一样投身政治，而是离经叛道地用另一种方式，延续着世人对蒋氏家族的好奇与关注。

　　蒋介石，是他的曾祖父；蒋经国，是他的爷爷。但不要追问他对中国近代史的评价，世人眼里的伟人，对他来说，只是家人。留在蒋友柏心里跟别人不一样的，只是他异于常人的成长经历。

　　从1949到1988，蒋介石父子统治台湾近四十年，蒋家王朝也度过了一段浪漫无忧的黄金年代，作为蒋家的第四代，含着金钥匙出生的蒋友柏，就像拥有一盏阿拉丁神灯，似乎可以实现一切梦想。他梦想着，像爷爷那样当"总统"，呼风唤雨。

　　然而，1988年，蒋经国去世后，蒋孝勇决定遵循父亲"蒋家人不能再碰政治"的遗训。翌年，带着全家移民加拿大。

随后，为了子女的教育，又迁往美国旧金山。

"旧时王谢堂前燕，飞入寻常百姓家"。离开台湾，让12岁的蒋友柏，对人生、对生活、对人情，有了全新的了解和感知。"人在人情在"，"人一走茶就凉"的世态，冲击、洗礼着他那稚嫩的心灵。从此，他懂得，原来生活并不是永恒的无忧美妙，而是多变如阴晴不定的天气。

从风云人物蒋介石，到蒋经国"总统"，再到掌管台湾经济，后远走他乡的蒋孝勇，蒋家的男性在不同的时期，经历了不同的角色。而从蒋家的第四代人开始，彻底与政治绝缘。和其他兄弟姐妹选择律师、医生、跨国公司管理等行当不同的是，蒋友柏和弟弟蒋友常选择从事商业设计。这在当时的台湾是一种无人问津、令人不齿的下贱工作。

情理之中，意料之外，蒋友柏择定的人生目标，首先遭到了母亲的反对。母亲不无尴尬地说："哪一天，我们一群老太太聚会闲聊，张太的儿子是律师、李太的儿子是医生，王太的儿子开着一家大公司……我的儿子是不体面的设计师……和蒋家……落差太大。"但老太太到底是豁达明理之人，尽管心里纠结，还是尊重孩子们的抉择。

蒋友柏所有的朋友里，没有一个是做设计的。他选择这个，也是看到了其中的商机。在外留学的那些年，他发现，在国际上做设计的中国人很少。而外国人把咱们原有的人物元素稍微改变一下，再转手卖给我们，就涨了十倍的价格。这让蒋友柏心里很是不甘。就这样，2003年在台湾，蒋友柏正式成立了橙果设计公司，彻底颠覆了蒋家的历史。

事实上，有许多演艺界的星探，找蒋友柏拍广告、演电影，但个性倔强的蒋友柏不想靠外表吃饭。他要做一块海绵，拼命吸收各种知识"营养"，充实自己的内在，而不是空有其名、徒有其表。蒋友柏做设计，一改传统理念，给单一、呆板的动漫造型注入鲜活、神奇的故事内容。他的橙果公司一开张，就因为独特的设计理念，就赢得了市场。

五年来，他帮客户作的设计，没有一个赔钱的，最少的帮客户赚两百万，最多的赚到三十五亿。他跟客户谈生意既简单又明了，你需要什么，我来做。你付我什么价格，接受，就OK；不接受，就走人。起初，他的公司门庭若市，但有一些人，只是好奇地想一睹他的尊容，不是为了生意。而那些可以和他合作的人，又因政治分歧而排斥他。所以，不要认为他的成功是"背靠大树好乘凉"，对于自己的背景，蒋友柏是喜忧参半。当然，他一路坚持到今天，背景于他，已经毫无影响。

早年，爷爷蒋经国曾经评价过他们：友柏，将来会在事业上有所发展，属于开疆拓土的性格；友常，将来会是个将才。而现实，正是如此。

虽然，彻底远离了台湾政治，但蒋姓，却是一个抹不去的印记。"我不喜欢人家称我是蒋家第四代，我喜欢当我自己是蒋家第一代。为了我自己和我的下一代，我宁愿抛弃那第四代残留的贵族利益，从零去开创属于自己的新天地。"这是蒋友柏博客里的一段内心独白。

人生真正的目的

吕 麦

　　那年，哈佛大学录取的一名新生引起了举世热议。

　　这名叫雷诺的新生不但年过半百，且是11个孩子的母亲，1个6岁小女孩的外婆。当然，30年前的雷诺，曾是奥克拉荷马大学的"天之骄子"，但在大二时因邂逅了命中的"王子"而退学结婚，且很快有了爱情结晶。

　　那时，沉醉在甜蜜里的雷诺打算等女儿5岁时，再返回学校完成学业。可没想到，她很快又有了第二个、第三个……直到第11个孩子出生。家里像开起了幼儿园，而她是园长、老师、保姆，营养师。

　　虽然，雷诺貌似彻底沦为"家庭妇女"，但她总能挤出时间健身和运动，一直保持着少女般玲珑、曼妙的身材，也以此和周边的朋友分享经验和成果，后在熟人的"口耳相传"下，创办起了"女子健身会馆"，逐渐成为一名非常知名的教练，事业上小有成就。

　　家庭、事业双丰收，夫复何求？然而，没完成大学学业始终是她心里一个"丁香结"。前年，看着孩子们越来越大，像小鸟一般羽翼丰满，可以各自觅食、飞翔了，雷诺重新回到奥克拉荷马大学，继续选修丢掉30年的大众传媒课程。

刚开始上课时，同学怀疑她是任教老师，而任教老师则觉得她十分面熟。雷诺看着老师狐疑的目光，有几分局促地说："是的，老师。我的女儿曾经选修过您的课。瞧，我现在用的就是她用过的课本。"

就这样，她早上5点半起床，准备好一家人的早餐，打发孩子们工作、上学，然后，自己如果没课，就赶着去打理健身会馆，有课就赶去学校。下班、下课，则风风火火回家，完成一个好妻子、好妈妈的"角色"，再挤出自己的休息时间挑灯夜读。

谁也没想到，一年后，雷诺竟然有了"一步登天"的想法：报考哈佛大学！第一年，她满怀信心去申请，却遭到了拒绝。然而她不灰心、不放弃，在老师、同学的帮助下，决定调整选修科目，来年再争取。这真是异想天开，一个50岁的女人，居然要考世界顶尖大学！就连她的女儿也忍不住调侃她说："妈妈，你都这么老了，上哈佛干什么呀？"

雷诺自信地笑着回答说："人，活着的意义，就是要追求自己的梦想。"孩子们欢欣地点头，为拥有这样有思想的母亲而感到骄傲和自豪，并"全家总动员"给予力所能及的帮助和支持。家人的支持，格外鼓舞起了雷诺的"斗志"。第二年，雷诺如愿以偿，成为没有本科毕业文凭的国际关系学硕士研究生，将哈佛这所知名学府，再次推上热点新闻的风口浪尖。

8月29日，雷诺正式成为哈佛大学研究生中的一员。但她，没有忘记自己"妻子"、"母亲"的身份和义务，每周一从马萨诸塞州家里飞往哈佛，周末再飞回家照顾家庭和自己的事业。尽管，雷诺马不停蹄地奔走在学校、家庭、会馆之间，但她却"累并幸福着"。雷诺说，50岁的我，不惧重重困难，接受哈佛研究生教育，只为使自己成为一个更加优秀的人。

人生只有一次，与其过着按部就班的生活，心里留有遗憾，何不重拾梦想，让自己过得更有趣、更快乐、更优秀一些。为了成功也好，为了追求有趣、特异的人生也好。这都是人生旅程中的一个过程而已，人生真正的目的就是不断提升、完善、成为一个更优秀的人！

第三辑

认准前行的灯，
走好当下的路

生命是一个个看似延续的断点，这一刻不同于上一刻，下一刻亦不同于这一刻。每一刻都继往开来，重新再生，生生不息，刻刻如新。此一瞬间以前的挫折、失意绊不住你的脚步；失足沉陷也只是历史的陈迹，昔日的荣耀只是照亮你当下要走的路。

请你做好最后一天

傅友福

那一年，我力挫群雄，以绝对优势应聘到一家台资公司当人事助理。一开始，我便全身心投入到工作中去，而且自我感觉良好。可是没几天，这种新鲜的喜悦之情便荡然无存了。我不时有逃离监狱又进牢房的感觉：时间太紧，事务繁忙，没有一点儿自由空间，公司规矩又多。以前在港商公司懒散惯了，一时无法适应这种环境。更要命的是，公司有三个经理，每件事都要向他们一一汇报，否则，其他经理问起来，就会给工作造成诸多不便。

这时我犯了一个错误。台商协会通知总经理下午二点开会，当时总经理不在办公室，我便向另一个经理作了汇报。也许事不关己，他没有转告总经理，结果总经理没有接到开会的通知。第二天早上，总经理狠狠责备了我：这点儿小事也做不好！

我何曾受过这气？我拉开抽屉，拿出了辞职书，准备交给总经理。

总管刘生拦住了我，并拿走我的辞职书，锁进他的抽屉里。他是我的顶头上司，我也不好再说什么。

刘生抽了一根烟，眯起眼睛，意味深长地对我说："傅生，我知道你是能胜任这份工作的，也许他们错怪了你，你可以走人，找工作还不容易？但你不可以现在就走，你要是现在就走的话，那就证明了你没有工作能力。我跟你说，失去一份工作并不可怕，可怕的是背上一个不能胜任的罪名。不如做好最后一天吧，让他们满意了你再走。那时候你走是你炒了他们，而不是他们炒了你，别人也会说你有骨气。你说呢？"

我细想一下，便听从了刘生的劝告，忍住心中的忿懑，决心做好最后一天再走。

可是，第二天，我又出了个差错，把经理要批阅的文件送到了总经理的桌上。经理说我做事不细心。

第三天，一份发给台北的传真打错了一个字，另一个经理说我太马虎，重打！

第四天，经理要我通知各部门主管到办公室开会，我忘通知五金部的主管了，总经理毫不客气地数落我一番。

我清楚地记得，那是第十二天，我早早就做好了准备，当天的工作有条不紊地进行着。那天，总经理也好，经理也好，他们交代的事情我都一一不漏地按时完成。临下班时，一切总算平安无事了。正在这个时候，总经理把我叫到办公室，笑着对我说："做得不错嘛，年轻人就要这样，迅速改正错误，适应新的工作环境。其实呢，你很有悟性，照这样下去，前途无量啊！"我心想：有你这句话，我就可以脱离苦海了。

下班后，我找到了刘生，告诉他我已做好了最后一天，总经理还夸了我。刘生听完我的话，依然眯起眼睛说："你想要回那张辞职书吗？"我笑着点点头。他也笑了，笑得有点狡诈："你能做好这一天，你就不能再做好下一天，再下一天……你已经能胜任这份工作了，为什么还要辞职？"

　　我又听从了刘生的话，没有辞职，每一天都让我当成是最后一天，做得好好的。如今，我还在这家台资公司，而且在刘生走后，升任到行政主任，工作也越来越顺心了。

　　后来我仔细一想，恍然大悟了：我上了刘生的"当"了！能做好最后一天，为什么还要走？把每一天当成是你在这个单位的最后一天，并把这一天做好，你就不会觉得他们在故意刁难你了。同时要意识到自己不足的地方，并努力改进。当这一切都不复存在时，你已经是个充满自信的人，这样，你还辞职吗？

　　朋友们，当你面对一个新的工作单位、新的工作环境时，如果你因不满要辞职，请你记住：请做好最后这一天再走也不迟。

把自己变成一个草原

金明春

　　心若淡定，幸福自来。心若淡然，美好自来。

　　在纷繁的世界里，做最好的自己。抛下多余的行囊，背上美好的行囊，扎实地一路走来，遇到最好的自己。在不断的拼搏中，找到人生奋斗的航标，活出出彩的人生。

　　如何在浮华之中拥有一颗恬淡而素雅的心，活出美丽、活出智慧、活出幸福、活出全新的自我，不辜负生命的大好时光？品味屠呦呦的获奖感言，心中澄明了许多：不要去追一匹马，用追马的时间种草，待到春暖花开时，就会有一群骏马任你挑选；不要去刻意巴结一个人，用暂时没有朋友的时间，去提升自己的能力，待到时机成熟时，就会有一群的朋友与你行。用人情做来的朋友只是暂时的，用人格吸引来的朋友才是长久的。所以，丰富自己比取悦他人更有力量：种下梧桐树，引得凤凰来。你若盛开，蝴蝶自来！你若精彩，天自安排！

　　2015 年诺贝尔奖生理学和医学奖授予这位中国女科学家，以表彰她发现青蒿素，显著降低了疟疾患者的死亡率。屠呦呦的父亲是位医生，《诗经》中有句"呦呦鹿鸣，食野之苹"，屠呦呦的父亲为她取名"呦呦"，其意是鹿鸣之声。从事医学研究，其实追根求源最早的启蒙是受从医的父亲影响。在她家楼顶上，有个摆满各类古典医书的小房间，这里是屠呦呦童年时的阅览室，也是她阅读的天堂。这里摆满了医学图书：《黄帝内经》《神农本草经》《伤寒杂病论》《千金方》《四部医典》《本草纲目》《温热论》《临症指南医案》……在常人看来就像天书一样的医学书，她翻看起来却津津有味。看到前来求医问药的病人喝下父亲煎熬的汤药后疼痛逐渐有所缓解，她心里对中草药产生了浓厚的兴趣。小小的她还喜欢跟着父亲背起竹篓外出采药，在大自然中，她锻炼了自己的毅力，培养了热爱自然的情怀。这些，对她以后做科学研究也有所帮助。不要去追一匹马，用追马的时间种草。多么精辟的人生感悟啊！

是啊！太多的时候，我们的忙碌其实是盲目的。

我们的盲目追逐，把自己累得气喘吁吁，最终却无功而返。

与其追逐远方，不如做好脚下的事。

詹姆斯·卡梅隆，这位导演《真实的谎言》《泰坦尼克号》和《阿凡达》的好莱坞著名导演，最懂得用追马的时间种草。他用分段式的沉寂来丰富自己，每次沉寂过后，必有炸雷般的腾起。在他的《泰坦尼克号》达到巅峰时，如日中天的他，却又一次从观众的视野中消失了。

可是，就在人们已经忘记他之时，这位沉寂12年的导演，带着他的《阿凡达》又一次震动了世界。历经十几年创作的

《阿凡达》，以高超的特技、非凡的想象、奇幻的故事、精美的视觉效果，创下了25亿美元的票房收入纪录。

心若强大，无人能把你击垮。满是破洞、污渍、毛边，有些部位漂洗得发白，看起来很旧的牛仔裤，是这个叫作迪赛的品牌在刚创立时便确立的风格。那些故意的手工做旧，被人以为是残次品，被人投诉。面对来自多方的指责，罗索"我行我素"，坚持自己的理念。他不去迎合大众口味，决不讨好大多数人，他只是做好自我。他说："我相信顾客的智力，顾客也相信我。"现在，迪赛已经是世界著名的品牌，年销售额12亿美元。赢，不是迎合，而是赢得。

如果世界是一匹马，那我们自己就把自己变成一个草原吧！把自己变成一个草原，养好自己草原上的芳草，做好自己，美好自然来临。

再糟糕的种子也
会结出果实

周　礼

　　小时候，查尔斯·舒尔茨是一个出了名的笨孩子。在父母的眼中，他是一个十足的笨蛋——从未干过一件出色的事情；在老师的眼中，他是一个科科不及格的差生，毫无前途可言；而在同学的眼中，他则是一个软弱可欺的人，别人打他，他也不敢还手。

　　舒尔茨也曾试图改变自己，比如：努力学习，赢得同学的尊重，参加体育锻炼，提高自己的身体素质等。然而，不知什么原因，他的成绩老是上不去，物理甚至还考了零分，而在校高尔夫球比赛中，他的表现同样惨不忍睹。在学校里，没有人关心他，也没有人和他玩耍，没有人在乎他的感受，也没有人在乎他的存在，他就像一个可有可无的边缘人，孤独而卑微地生活着，偶尔有人跟他打声招呼，他都会感到受宠若惊。

　　虽然在很多方面舒尔茨的表现都相当差劲，但有一个方面还勉强过得去，那就是画画。他喜欢画画，尤其是漫画，他的整个童年和少年几乎都交给了手中的笔，桌上的画，他渴望有一天，能成为一位像梵高一样伟大的画家。其实，那只不过是他一厢情愿的想法罢了，他的画从未得到过别人的好评。中学时，他鼓起勇气向《毕业年刊》的编辑投去几幅他自认为十分满意的作品，但不幸的是没有一幅被录用。后来，他又向其它报刊、杂志投稿，结果均被无情地退了回来。尽管遭受了无数次退稿的打击，但他毫不气馁，他仍然坚信，自己的漫画与众不同，是金子总会发光的，只是时间的早晚而已。

中学毕业，如人们所料想的那样，没有任何一所大学愿意接纳他，但这并未影响到他对自我价值的追求，他决定做一名职业漫画家，一心一意地搞好创作。其间，他信心满满地向华特迪士尼公司写了一封自荐信，详细地介绍了自己的特长和希望获得的职位。华特迪士尼公司的负责人很快给他回了信，并让他把作品寄过去看看，他精心地挑选了几幅，但遗憾的是，华特迪士尼方面都不满意，认为他的作品没有达到公司要求的高度。他再一次失败了。

后来，他转变了创作方向，开始将自己独特的人生经历和生活体验融入到漫画之中，营造出一个充满幽默、幻想、温暖和忧伤的世界，其中有两个大家非常熟悉的人物，小男孩查理·布朗和小狗史努比，他把这部漫画作品命名为《花生》。这部作品一经问世，就受到了人们的广泛关注，犹如一颗重磅炸弹，震撼了半个世纪，先后被翻译成二十几种语言，刊登在了二千六百多家报纸上，并延伸到全球七十五个国家，每天陪伴着三亿五千万读者一起欢笑。

不仅如此，舒尔茨还两度获得漫画艺术最高殊荣"鲁本奖",1978年被选为"年度国际漫画家",1990年得到法国文艺勋章，并多次登上《福布斯》杂志年收入最高艺人排行榜，成为历史上最富有的漫画家。

原来，要实现人生的逆转，就得认定目标，坚持做好一件事，正如舒尔茨自己所言："生活就是会从好梦中被粗暴地惊醒"，人生不可能一帆风顺，不可能事事如意，但只要信念不灭，再贫瘠的士地，也能种出庄稼；再糟糕的种子，也会结出果实。

努力成功，本身就是成功

王　磊

　　最近一段时间，学校里的老师们发现了一个奇怪的现象：校长每天早晨上班的时候总要在操场中间停留一会儿，目光缓缓地扫视着校园。一天早晨，几个年轻的教师刚好和校长一起跨进学校的大门，大家簇拥着校长有说有笑的向办公室走了过去。忽然，走到操场中间的校长又停住了脚步，远远地注视着一个瘦小的身影。大家也好奇地跟着停了下来，发现那是一个正在晨练的男孩儿。

　　正当大家不知道校长葫芦里到底卖的什么药的时候，校长突然转过身问道："你们说，那个孩子这么锻炼能成功吗？"教师们看了一会儿，都摇了摇头。原来，这个孩子身体明显单薄，跑步的技巧掌握的也不多，很难在体育上有所成就。就在这时，校长微笑着说道："我觉得他已经成功了！"校长的话让大家一愣。"我观察这个孩子很久了，我发现他跑步的天分不高，但是却有着超越常人的毅力。当初和他一起跑步的有几十个人，风雨无阻坚持到现在的却只有他一个。很多人都为成功努力过，可遇到阻力之后就往往选择游戏人间或是消磨时光的生活方式，而这个孩子虽然不可能在跑步上有什么大成就，但他这种充满激情的生活方式本身就已经是成功了。"

说着，校长悠悠感叹了一声，"什么样的生活方式就决定了什么样的人生，这个孩子努力奋进的生活方式会让他将来做出一番事业来的。"听了校长的话之后，几个老师都悄悄注意起了这个孩子。渐渐地，他们发现这个孩子的确有着与众不同的地方。不管成绩好坏、压力大小，他始终都保持着一种努力向上的心态，而且即使是自我消沉，也很快就能恢复过来。

很多年后，这个孩子真的取得了不小的成就，他成了中国年轻一代知名的导演。然而，谁都没想到春风得意的他很快就遭遇到了人生的寒流。先是发现自己的两个孩子里有一个孩子智力存在缺陷，接着他的电影作品又因为种种原因遭到了舆论压力。在那段时间里，内外交困的他一天天憔悴了下去，身边的朋友和同事们都看的心里发酸。智力缺陷的孩子耗费了他大量的心血，事业上的挫折也让他倍受打击。很多时候，他就异常落寞地坐在角落里，独自品尝着生活的苦涩。

就在所有人都觉得他对生活已经彻底失去了信心的时候，人们突然惊奇地发现他又开始精神饱满的投入到了工作之中。大家都很担心他的身体，劝他好好休息，可他微笑着挥挥手，又继续忙起了手头的工作。那是他人生最艰难的一段时光，也是他笑容最多的一段日子，不管家庭和事业上有多大的麻烦和阻力，他都咬着牙努力坚持着。

他和家人用了极大的爱心和努力终于帮助有智力缺陷的孩子勉强过上了正常人的生活，接着他又日以继夜地投入到新的电影拍摄中去。从剧本到服装、灯光，片场的每个角落里都有他小蜜蜂一样的勤奋身影。上苍总是眷顾那些从不放弃的人，他的努力终于换来了回报。他新拍摄的电影受到了国内外的一致好评，从此之后，他的电影事业掀起了一个又一个高峰，终于成就了一个中国电影史上的传奇！

他就是中国电影的传奇人物谢晋，一个几十年都站在时代浪尖上的伟大导演。

成功并不是每个人都能得到的，但努力成功的生活方式却是每个人都可以学到的。有的人付出努力之后并没有得到应有的回报，于是他们便沉迷于平庸的乐趣之中挥霍着时光，而有的人同样付出努力之后也没有得到应有的回报，但他们却时刻保持着一种努力向上积极进取的生活方式。有了这种生活方式的人，他的生命中到处都是清新而催人奋进的空气，他的心态里到处都充满了充实和安宁。

这样的人，即使在事业上没有取得大的成就，他良好的心态也能成就他快乐积极的一生！

直线不一定是最短

朵 朵

初中的时候，班上有一个名叫郝强的男生，他学习中等，文质彬彬，他的作文写得很一般。就是这样一个作文水平一般的人，却偏偏爱好文学，他喜欢写诗歌、散文，可每次考试，作文写得并不好。

他的书包里总是装着几本文学书。我到过他家，发现他的书架上摆放着许多文学书，有许多我还没听说过。我随手拿起一本翻了翻，发现书上划了许多横线，有的字上还注了拼音。

郝强腼腆地对我说，他就喜欢文学，他想将来有一天，自己也能写出一本这样的书。

我没有吱声，只是感觉有些好笑。心想，你作文都没有我写得好，以后还想当作家？我虽然没有看过你买的这些文学书，但我背了不少范文，按照套路，考试的时候总能用得着。数学老师不是早就告诉过我们，两点之间最短的距离是直线吗？学习也要会走直线，这样才能花最少的时间，取得最大的成绩。我感觉郝强学习太死板了，不会走直线，总是走曲线，那多费时费力。

高中毕业后，郝强考得并不理想，只考了一个普通大学。听说他还是作文没考好。我感觉很悲哀，一个喜欢文学的人，最后还是写不好作文。我们在车站分手时，他兴奋地告诉我说："我考上这所大学，是我梦寐以求的大学，在大学里，我能更加系统、扎实地学习文学理论知识，这对我写作会很有帮助的。"

　　我只是拍了拍他的肩膀。心想，你怎么还念念不忘你的写作梦啊，你喜欢写作，可你写的并不好，为什么还要坚持？

　　后来，我和郝强渐渐失去了联系。同学见面时，当聊到郝强时，我们都感慨道，郝强太不会走直线了，他真是一根筋，那么固执地爱好写作。有同学说，听说他现在还在写，真不知道他能写出什么结果来。

　　一晃，二十多年过去了。一天，我接到郝强托人带给我的一个请柬，要我参加他的一个新书发布会。我一下子愣住了，郝强，多熟悉的一个名字啊。记忆的闸门一下子打开了。那个爱好写作的青涩男孩一下子在眼前浮现。这几十年来，郝强一直在写作吗？我不禁感慨万千，心潮起伏。

　　在新书发布会上，我才知道，郝强早已是一名著名作家了，他出版了十几本书，许多报刊上还开辟了他的专栏。发布会上，来了许多读者。我不禁自惭形秽，这么多年来，我已很少看书读报了，那背诵过的几个范文，也早已忘记了。

　　郝强在发布会深情地说了这么一段话"中学时，我就爱上了写作，可是，我的作文却怎么也写不好。有的人说我不会走直线，叫我背几篇范文就可以应付考试了，因为从小数学老师就告诉我们，两点之间，最短的距离是直线。可是，他们似乎忘了还有这样一个定理：在一个斜面上，摆两条轨迹：一条是直线，一条是曲线，起点到终点相同。两个质量、大小一样的小球，同时从起点向下滑落，曲线的小球反而先到达，这就是著名的'最速曲线'定理。我阅读了大量文学作品，这对我以后写作，打下了坚实的基础。"

那一刻，我才明白，无论遇到多么大的挫折和困难，郝强也不忘阅读，这种方法，虽然不够立竿见影，但却扎实、有力。在他心里深深地知道，直线不一定是最短的道理，他走得那条曲线，让我肃然起敬。

一辈子只做一件事

方爱华

1845年7月4日是美国独立日。这天，28岁的梭罗做出了一个决定：他向邻居借了一把斧头，离开喧嚣的城市，孤身一人来到距康科德两英里的瓦尔登湖畔，就地取材，建了一个小木屋。他计算了自己造那间小木屋的支出：总共花了28元1角2分5。他在这里居住下来，开荒种地，写作看书，在小木屋周围种豆子、玉米和马铃薯，然后拿这些到村子里去换大米。

"我的屋子里有三张椅子，寂寞时用一张，交朋友用两张，社交用三张。"整个夏天，他都这样奇妙地劳动着，他爱上了他种的一行行豆子。他认为如果一个人能满足于基本的生活所需，其实便可以更从容、更淡定地享受人生，就不会有那么多的焦虑来扰乱内心的宁静。所以，他并不认为自己的居所有多么简朴，反而认为自己找到了一种理想的生活模式。梭罗和自然一起呼吸，完全变成自然的一片叶子，一株正待滋养的花。

当桔红的阳光透过林间缝隙时，屋子的主人已绕湖一周归来，他身上沾着晨露，脚下的鞋子也已经湿了。汲一桶纯净的湖水，和一点儿麦糊，焙烧两块面包，就成了一顿简单的早餐，但那是和着清新的空气送下的，是上帝的馈赠。

在这里，梭罗呆了九百二十天，自食其力，过着那种近似原始的简朴生活。最近的邻人也在一英里之外。后来，梭罗走出森林，整理并出版了他在小木屋里记录的那些笔记，这就是《瓦尔登湖》。艾略特称这是一本"超凡入圣"的书。清风朗月，一卷在手，心与书从容相对，融为一体。感谢梭罗，感谢他为我们奉献了《瓦尔登湖》。阅读使世界在眼前开阔起来，未来有了无限的可能性，使你更加热爱生活；阅读也让心田种下爱与善的种子，使你懂得如何与他人与自然和谐相处。也许，我们需要在夜深人静的时候，才能够悄悄聆听那来自灵魂深处的声音。

梭罗的一生如同他的作品一样崇尚简单且耐人寻味。这个法国血统的美国人生于1817年的康科德城，在美国最好的哈佛大学受过教育，执过教，给大作家、思想家爱默生当过门徒和助手，也在瓦尔登湖有过近似于原始的隐居生活，一辈子未结婚，一辈子没有走出过他的家乡。他于1862年病逝时，年仅45岁。但是，他以全部的感情将自己的天才献给他故乡的田野与山水，从而使整个世界都熟知它。一百多年过去了，当年的小木屋早已没了踪影，但《瓦尔登湖》却留了下来，人们心中的"小木屋"留了下来。康科德成了圣地。

美的趣味最好在露天培养，再没有比自由地欣赏广阔的地平线的人更快活的了。假如人们能过宇宙法则规定的简朴生活，就不会有那么的焦虑来扰乱内心的宁静。梭罗用他短暂的一生，鼓励人们要简化生活，这样才能将时间腾出来深入生命，专心于你所做的事。

传说中有一只鸟，一生只唱一次，那歌声比世界上一切生灵的歌声都更加优美动听。蒙田完成传世之作《随笔集》，花费了整整30年时间；梵高用全部精力，追求了一件世界上最简单、最普通的东西，这就是太阳；曹雪芹，穷其一生只留下一部未完成的《红楼梦》，一代又一代读者受惠于他的心灵泽被。

为什么要急于成功呢？如果你在某方面跟不上别人的脚步，那也许是因为你听到的是生命的另一种节奏，遵循的是另一种节拍。

记住，不要用世俗的眼光来看待成功与否。你只需专心致志做好你要做的事。也许，一辈子只是一件事。

阿加西斯教授的观察课

[美]塞缪尔·H·斯卡德 / 文
庞启帆 / 译

我走进阿加西斯教授的实验室，告诉他我已经成为科学院自然历史系的学生了。

"那么你打算什么时候开始学习呢？"

"现在。"我答道。

这个回答似乎让他非常高兴，他夸了句"非常好"，然后转身从标本架上抱下一个很大的玻璃瓶，瓶里装着黄色的酒精，酒精泡着几条鱼。他取出一条，对我说："拿着这条鱼，仔细观察，等会儿告诉我观察的结果。"然后，他就离开了。

我很失望，观察一条鱼对一个求学心切的学生来说，似乎没有什么挑战性，而且酒精的气味不好闻。但我没说什么，立即投入工作。

十分钟后，我把能看到的鱼的身体部位已经看了个遍，然后开始寻找教授。然而，教授不知去哪儿了。半个小时过去了，一个小时过去了，又一个小时过去了，那条鱼开始让我厌烦。我不必用放大镜，也不用任何其他仪器，只用两只手，两只眼睛就能观察，而鱼能供我研究的部位非常有限，翻来覆去就这几个部位。但教授还没回来，我只能继续观察。

我把手放进它的嘴里感觉它的牙齿有多锋利，计算它的身上有多少片鱼鳞，直到确信准确无误。突然，一个愉快的念头从我的脑中蹦了出来——我应该把这条鱼画下来。这么做的时候，我在这条生物身上惊奇地发现了新的特征。这个时候，阿加西斯教授出现了。

"很好。笔是最好的眼睛。"他赞许道。接着他问："那么，你看到了什么呢？"

我简洁地做了描述。教授听得很认真。我说完了，他还看着我，似乎在等着我继续讲下去。但我没能再多说一个字。他的脸上露出了一丝失望的表情。

"你还没有观察得够仔细。"他认真地说道，"甚至，这条鱼最显而易见的那些特征，你一个都没发现，而这条鱼就清清楚楚地摆在你眼前。再观察，再观察。"说完，他丝毫没理会我痛苦的神情，转身就离开了。

我觉得自己快要发疯了。还要再看那条可恶的死鱼！但这一次，我是带着目的来对待它的。时间一分一秒地过去，我发现教授的批评没有错：那些显而易见的特征在我的细致观察中显露了出来。

下午很快就过去了，教授问我："还看吗？"

"不看了。"我答道，"但我知道之前我了解的很少。"

"下次会了解更多的。"他说道，"收起鱼，回家吧。也许明天早上你会告诉我一份更好的观察报告。"

这让我有点惊慌失措。因为这意味着，我要在鱼不在眼前的情况下整晚研究这条鱼，并且在明天早上给出一份准确的描述。

第二天早上，我一进实验室，教授就用满怀期待的目光看着我，那目光让我觉得，我应该看到他所看到的。

"你期待的答案也许是，鱼有对称的器官以及其他对称的身体部位。"我小心地说道。

"当然！"他高兴地说道。这简单的一句话补偿了我昨夜的失去的几个小时的睡眠。接着，我们兴致勃勃地讨论了我昨天白天以及晚上的观察所得。讨论完毕，我问他我接着应该做什么。

"哦，观察你的鱼。"说完，又把我一个人扔在了实验室。一个小时后，他又回来了，听我的观察报告。

"很好，很好。"他重复道，"但还不够全面，继续吧。"就这样，长长的三天，他把那条鱼放在我的眼前，禁止我看别的东西以及向任何人求助。"观察，观察，观察。"他给我的指导就是不断重复这个词。

第四天，阿加西斯教授从那个大玻璃瓶里捞出另一条鱼摆在那条我已经观察了三天的鱼的旁边，让我指出二者之间的相同处和不同处，接着是第三条，直到玻璃瓶里的鱼都摆在我的面前。

观察结束，我把一份完整的报告交给了阿加西斯教授。看完报告，他满意地点点头，然后对我说了这番话，"表面是最愚蠢的东西。我们必须发现事物的真相，直到在更多的真相中找到更多的规律。"

这是我上过的最好的课。从那以后，它一直影响着我的学习方法和态度。这三天的观察的收获，是一笔珍贵的财富，是金钱买不到的。它伴随着我的成长，引导着我迈向更广阔的科学领域。

注：塞缪尔·H·斯卡德，美国著名昆虫学家。

往前走走看，走走看

张珠容

14岁那年，他跟随父母移民美国，并取了"马克"这个英文名。马克记得很清楚：1991年6月13日那天，父亲给了他1美元，然后对他说："去吧。你坐上这辆N号的公车，到23街买一袋葡萄回来。"

这是马克到美国后第一次自己出远门。他有点儿小胆怯，父亲鼓励他说："你试试看，我觉得你行。"于是马克就拿着钱上车了。他看前面的人怎么买票、怎么拿票，就跟着模仿。他还观察到，想要下车的人必须拉动车上的一个开关，司机才会停车。最终，他顺利到达23街，买回了一袋葡萄。

刚上高中，马克就征得父母同意，找了一份周末工作——为一家中餐馆送菜单到美国人的家里。每次出门前他的包都塞满菜单，然后一家一家去送。马克还记得，那时他的时薪是3.3美元。

高中三年，马克先后做过二十多份周末工作。送餐、洗菜、保洁、摆摊等等。工资稍高的，是一份一小时10美元，为住户清理烟囱的工作。那时马克身材还比较矮小，容易进出烟囱。每次他都戴好口罩，爬到烟囱顶，然后从上往下，把里面的灰清理出来。这份工作很呛人，每次从烟囱出来后还都变成"小灰人"，但马克干得挺开心。

高中时期的摆摊经历让马克体验最深。他和同伴一起批发中国的衣服，在美国的跳蚤市场上摆摊出售。他们的摊位有十平方米，每次出摊前，他们都要早起去抢人流量大的位子。顾客们经过时，只要哪个人流露出想购买的眼神，哪怕这个眼神非常不易察觉，马克也能捕捉到，然后马上迎上去。马克在旧金山的双峰山上摆摊。那天有很多欧洲游客在山上游玩。他们第一次看到丝绸衬衫那么便宜，便疯狂购买。那一天，马克整整赚了700美元。后来父亲告诉他，这700美元相当于他们三个月的房租。

学习期间，马克对技术和商业尤其感兴趣。于是，高三时他有意到一家电脑公司，接下一份保洁的工作。在工作的时间里，他渐渐看懂了电脑公司里的人是怎样工作的。

高考时，马克凭借优异的成绩被美国著名学府加州伯克利大学录取。大一、大二，他一边认真学编程，一边继续在课余兼职一份又一份工作。大三时，许多电脑公司来到伯克利大学招人。马克顺利通过了面试，最后和一个名叫贾克尔·亨特的老板面对面谈价。

亨特问马克："42怎么样？"

马克有点听不懂："您是说我一个星期要工作42个小时吗？"

亨特摇摇头："不是，我的意思是：你的时薪42美元怎么样？当然，每天8个小时过后的加班时间，我会按照1.5倍的工资支付给你。"

马克兴奋得差点没从椅子上滑下来。在此之前，他都是一个小时三五美元的兼职人员。现在一下子冒出时薪42美元，他简直呆住了。

那次三个月的暑假，马克每天就像上了发条一样，天天吃住在公司。暑假结束的时候，他赚到了最大一桶金——27000美元。这笔工资，相当于他大学两年的学费。大四时，马克把27000美元拿去投资一个项目，但最终宣告失败。马克亲手砸了自己赚的最大一笔钱，却也收获了他人生最炫的一个称号——"全美杰出大学生"。

这些，其实仅是马克传奇的开始。大学毕业后，马克先后在雅虎、微软等互联网巨头公司供职。2015年，他加入腾讯投资的益盟股份。是的，马克就是如今益盟股份的总裁——马轶群。马轶群加入益盟两年内，使益盟业绩稳健发展，在新三板9000多支股票中排名前十。

其实，大学毕业前马轶群得知自己获得"全美杰出大学生"时，感到很不可思议。加州伯克利大学是世界著名的公益研究性大学，截止2016年，共走出了91位诺贝尔奖得主。英特尔公司创始人戈登·摩尔和苹果公司创始人斯蒂夫·沃兹尼亚克也都曾在此求学。马轶群想不明白：在高手如林的环境里，自己是凭借什么打动了评委？有个评委告诉他，"我们看中的，是你从小到大的'工作'经验，即强大的实践能力。"

马轶群那时听完很感动。一直以来，他只是抱着"往前走走看，走走看"的心态去对待生活和工作。但正是这份平和而又坚定的心态打动了评委。马轶群说："我很感谢从小到大我做过的那一份份工作，它们给我带来了很多自信。那时每尝试一份新工作，我都在想：如果做得好，我就再向前一步；如果做错了，我就倒退一步。好比大四投资失败，我丝毫没有为此感到沮丧。因为我知道：人生难免进进退退，但只要多努力，总归会往前！"

先搬山，后摘花

闫荣霞

20年前，我在一所乡下中学教书。

有两个学生给我印象很深刻。

一个男生。黑瘦的脸，小平头，不爱说话，看起来笨笨的。别的男孩子都像一阵风，被生命力吹得一会儿到这儿，一会儿到那儿。他走在路上，蚂蚁都不会踩一只。不是说慢，而是说走路都很细致。一根柳树枝儿挡在他的眼前，换别人早一把掀得远远的，他不，轻轻拈起来，放到身后，一片柳叶、都不会伤到——我初见这副景象，都看呆了，当即决定把副班长的位置交给他。一个班的副班长，做事就要求两个字：妥帖。这孩子别的本事我不敢说，这点绝对错不了。

事实证明，他也确实干得很出色，因为他永远都是把工作战战兢兢地捧在手心里的，就像捧着枚脆薄的鸟蛋似的，生怕用劲儿大了，磕了；用劲儿错了，摔了。

一个女生。皮肤很白，细长的丹凤眼，长得很漂亮。女孩人缘也好，好像一块温暖的鸡蛋饼，谁见了都觉得是好的，香的，可口的。所以她总是很忙碌，今天和这几个人一起做作业，明天和那几个人一起跳皮筋，甚至还有为她"争风吃醋"的。

她平时没见多用功，成绩居然也不错，这就是天资的原因了。就有一点，干什么事很拖沓。有一次，我给两个人同时布置任务：每个人给我交两篇作文，一篇写人的，一篇写景的，我要拿去代表学校参加省级学生作文竞赛。结果男生的作文很准时地交了上来，用那种白纸本，在页面上按五分之三和五分之二的分界画了一道竖线，左边是他的作文，右边是空白，随时备我批注。很干净，很漂亮。而最后时限都过去两天了，女生才把作文交到我手上，是那种潦潦草草的文章。我黑着脸问她这几天干什么了，她就红了脸笑：她们找我玩……我无力地挥挥手，打发她走了。人生一世，人际关系像既长且乱的海藻，准有把你拖缠得拔不出腿，脱不开身的一天，你的生命中，有多少天够这么挥霍？

十五年后。今天。

一群学生来看我，那个男生也来了，他已经是一所市重点学校年轻有为的副校长，沉稳细致的作风一直没变，风度俨然。男人味像好檀香，被岁月一丝一缕地蒸了出来。女生没来，她本是一所名不见经传的普通学校的普通老师，而且刚刚被"踢"到一所更边远的学校去，正忙着搬家呢。我问："以她的灵性，教学成绩不会差呀，怎么会到这地步呢？"同学们说："她整天晃晃悠悠的，也不正经工作，连着三年学生成绩都是年纪倒数第一。"

我没话说了。

通常，我们都不大看得起那种生活态度过于谨慎的人，觉得他们笨，捧枚蛋像捧座山，透着一股子憨劲儿；最羡慕那种做人做事潇潇洒洒的，浪漫、诗意。可是，所谓的潇潇洒洒，放在现实生活中，可不就是"晃晃悠悠"，凡事都不放在心上，凡事都觉得稳操胜券，就是一座山，也可以用一根小手指轻轻抬起。

哪有那么便宜的事？

人的力气是随练随长的，假如一直举轻若重，到最后说不定真能举起一座昆仑山；若是一直举重若轻，到最后，恐怕举一根鹅毛都得使出吃奶的力气。这便是两种不同的态度，前一种人赢定了，后一种人必死无疑。又是同一个人的两个阶段：只有第一个阶段举轻若重，才轮得到第二个阶段的谈笑风生；若是这两个阶段倒过来，"晃晃悠悠"、举重若轻的坏习惯则如泥草木屑，越积越厚，变成石头，最终束缚住前行的脚步。

生命促迫，不可回头，举重若轻者，搬山如摘花；举轻若重者，摘花如搬山。年轻的朋友，无论学习还是做事，请用一颗郑重的心，先学会用搬山的手势，摘取眼前的花朵。

从小事做起

傅友福

　　刚来深圳时，我一时找不到合适的工厂，最后只好藏起大专文凭，到一家塑胶厂做杂工。我的工作是把一堆废塑胶袋按颜色分类，并打好包。

　　这工作又累又脏。夜深人静的时候，我掏出毕业证书，心中很不是滋味，真想把这张毕业证书扔到垃圾堆里，这工作适合我吗？我准备跳槽了。

　　我工作的组长是个三十几岁的河南人，只有他知道我的苦楚。堂堂一个大专生去做杂工，确实是"屈才"了。那天，他看到我沮丧地处理手头的工作时，就耐心地开导我说："小伙子，我知道你心里难受，但你要知道，你的大专文凭只是证明你的过去。在这个塑胶行业里，你甚至不如一个小学毕业生强。不要以为自己受委屈了，从每一件小事做起，并把它做好，你就是一个难得的人才。否则，你就是一个庸才。"组长的话警醒了我。是的，先把每一件小事做好再说。

　　从那以后，我不再怨天尤人了。从香港拉来的塑胶袋味道很难闻，我也忍住了，并很认真地分好类。别人大多数是混日子，组长在的时候，就应付一会儿，组长一走，马上事偷起了懒。组长是个精明人，什么事都看在眼里。那时候，我们的工资是由组长评定的，然后送交给经理批示。经理一般都按照组长的意思发工资。就这样，每次到了月底，他们都没有我的工资高。我知道这是组长对我的偏爱，也是我努力的结果。

工作之余，别人都在打牌、逛商店，我则把自己关在闷热的宿舍里写作、投稿。一段时间后，我的付出终于有了回报，文章频频见诸报刊。

在那段艰难的日子里，我始终相信，只要自己是块金子，总有发光的一天。过了几个月，命运终于垂青于我了。七月的一天下午，天气很热，工友们都在休息，只有我独自一人还在细心地打包，连经理走到我跟前我都毫无知觉。"为什么别人休息你还在干活？"经理问我。我抬起头来，擦了一下额头上的汗水，不好意思地回答："我的事情还没有做完，所以不能休息。"经理又问组长："这就是那个大专生吗？"得到组长的肯定后，经理微笑着点点头。"我看过你写的文章，很不错嘛。这样吧，明天上班后你到写字楼找我。"原来，当天我有一篇文章发表在《深圳晚报》上，平时喜欢看报的经理正好看到了我的文章。听完经理的话，我简直不敢相信自己耳朵，我的杂工生活真的就这样结束了？

第二天，经理就把我调去当人事部当主管。我只用几个月的时间，就完成了从篮领到白领的飞跃。现在，每当我在督促下属的时候，我永远也忘不了当年组长的话：从每一件小事做起，并把它做好。

耐心是这个时代的月亮

罗　西

闯过6关考试的四位男士坐在某公司的会客室等待主考官最后面试，时间一分一秒地过去，第一位等得不耐烦，30分钟后就走了。第二位等了2个小时也走了。

第三位及第四位仍耐心地等待着。从上午8点等到11点多，第三位忍不住问第四位应征者："你也是来应聘的？"

第四位说："不是，我是来与你们面谈的！"原来他就是主考官。

面试就此结束。理所当然，第三位被录用了。原来面试的主题就是考察你的耐心。

这个时代，不少人睁大双眼，焦急寻觅出路，结果反而迷失方向，因为尘埃吹进了他们的双眼。而有些人则耐心地闭目思考，等尘埃落定时，再伺机出击，反而成为了时间的主人。

时间可以考验意志，也可滋润情谊所谓成功三要素中的"天时"往往真的需要我们去耐心等待。清醒的等待是一种智慧，正如躺着可能比站着更容易拥抱天空一样。

快乐那么快！我们被一阵阵劲风吹着，拼命往前冲，"奔跑"是进取、是安全、是大流、是目标、是时尚、是别无选择，又何尝不是一种逃避？

在一个缺乏耐心的时代，急躁削弱了我们的免疫力，似乎也影响到了和谐的人际关系。而耐心，似乎成了一种奢侈，其实那是一种能力、一种智慧蓝光，一种处世哲学。谁还会手写情书？现在有了更快的短消息。谁还在为亲人编织手套、毛衣？这是一个什么都可以机织的年代。

我们很快地没有了"耐心"，忘记了还有一轮古典的月亮，你几时微笑地看明月？又几时抒情地给星空一些遐想？"激动"代替"感动"，"冲动"则代替"激动"。

其实，发现新星的不一定是跑得最快的那个人，而是善于凝望的那个人；并非每一件事都是通过拼抢来解决，有时需要的只是一点等待的能力。美国一位先生知道自己获得千万美元头奖，仍然该干什么干什么，一年后才从容不迫地去兑奖，之前在家里慢条斯理地做计划，到底怎么安排这笔巨款：投资、消费或者捐赠……如此有耐心的人，可见有多么不凡的自信！有耐心的狮子，总能捕获到自己想要的猎物，而且优雅。

是滚滚尘埃渲染得我们急不可耐，还是不公的恐慌让我们忙得不可开交甚至没空弯下腰系好松掉的鞋带？连小学生都在叫喊"我好纠结！"甚至"纠结"已经成为不少人的口头禅。缺乏耐心既不是性格上的缺陷，也不是先天遗传的，而是一种习惯，是社会大气候的产物。

成功是可以"练习"的，耐心也可以练习的。等人时买一张报纸看看，塞车时听听音乐，收起手机，听听水声虫叫……学习观察一只蚂蚁的行程。偶尔读宋词，借助嗜好培养耐心。钓鱼、下棋、写书法、弹钢琴、插花、品茶……经常提醒自己，地球不是围绕自己转的。当感到快失去耐心时，做几个深呼吸，然后从1数到10，再开口说话或做事。

一只半生不熟的橘子

吕 麦

一九一九年，二十二岁的丰子恺毕业于浙江省第一师范学校。

这是一所以培养小学教师为目的初级师范学校，文化程度相当于初中。对绘画有着浓厚兴趣的丰子恺，无意当一名小学教员，他迫切渴望在绘画上有所深造。但是，他的家境既不允许他继续深造，更不允许他专修绘画。

踌躇之际，从日本留学回来的吴梦非和刘质平邀请他一起去上海创办一个培养绘画和音乐教员的专科师范学校。于是"我也不自量力，贸然应允。成了创办人之一。在学校之中教授西洋画等课。"丰子恺说这话，不是谦虚，是内心真正认为，以自己目前掌握的绘画技能，去教授学生，有点"勉为其难"。

他在学校图书馆借了一部日本明治年间出版的《正则洋画讲义》，从中汲取知识补充和提升自己。当时，国内画界尚在"闭门造车"阶段。对石膏模型写生很有兴趣的丰子恺，利用休息时间，在教室花费了十七个小时，完成维纳斯头像的木炭画，给学生做示范，并主张他们走"忠实写生"路线。

但渐渐的，美术界的"海归"们，在上海相继成立了教授外国绘画知识的学校、办起了美术杂志。一时间，给国内绘画界注入了一股新鲜血液。

丰子恺买来几本杂志，从中了解了一些关于欧美及日本美术界的信息，深深觉得自己"土包子"的水平和知识远远落后了。开始懊悔冒昧地当了这个教师，误人子弟。一次美术课上，他给学生布置静物写生标本时，被一只青皮橘子弄得伤感和自卑起来：自己不就是这一只半生半熟的橘子吗，带着青皮卖掉，给人家当作练习标本吗，惭愧和自责，让他突然间做出一个决定——出洋留学，学成个美术家再回来。

然而"理想很丰满，现实很骨感"。彼时，已为人夫的他，做教师所得的微薄工资，养家尚且不够，哪有钱留学深造呢？纠结、彷徨、矛盾、挣扎了一段日子后，他仍不甘心，决定不顾一切，冒险去东京。好心的姐夫倾其所有，借给他四百块钱。但这在异国他乡能维持几天呢？他不管这些，只想：大不了，用完这些钱就回来，也总算去东京美术界长见识了。

让他喜出望外的是，到了东京，国内的亲戚朋友（包括吴梦非、刘质平），给了他大约两千块钱的经济资助。不过，这也仅够他在东京维持十个月的用度。而此时的丰子恺，就像沙漠里跋涉了很久的人忽然见到水源，他既想学绘画和学日语，又想学英语和音乐。

他精心做了个学习计划。用前五个月的上午，到洋画研究会中心学习画画，下午学日文。五个月后，转为下午到音乐研究会学习提琴、晚上学英文。其间，还要挤出时间，去听音乐会、去图书馆翻阅资料、看各种各样的绘画展览。要学的知识太多，而他只有十个月时间。

"要获得一种知识，必先定一个范围，立一个预算，每日学习若干，每日切实地实行，非大故不能间断，如同吃饭一样。"他觉得外文学习班老师授课太慢，索性辍学，去旧书店买来相关教材，每晚伏在简陋的旅舍中自修。他把一本日文小说，或英文名著中的一切生词，抄写在纸上，剪成一块块纸牌，放在一个盒子里，每天算命一般从盒子里抽纸牌，温习和背诵。这样学了三个多月，他已经能全篇通读日文、英文版书籍了。而那些日文班、英文班，才刚刚教到全书的几分之一。

短短十个月，丰子恺学习了西洋绘画、提琴、日文、英文、参观各种画展，开拓了视野眼界。回国后，为了还债和生计，仍旧做教师——图画、音乐和艺术理论的教师。空闲的时候，他不停阅读中外有关绘画、音乐艺术的书籍，把经典的故事翻译出来，写成教课讲义。

几年后，一个偶然的机会，朋友将他积累的讲义印成书稿，竟然大受推崇和欢迎。连他自己也没想到，由此走上了一条翻译编著之路。最终，成为多才多艺的文学大家。

水，就那么深

王国军

　　那年，他大学毕业后，怀着一股冲劲儿去了深圳。从一名业务员做起，三年后爬到了业务经理的位置。后来，他开了一家属于自己的公司，虽然不大，但他雄心勃勃地想做大、做强。

　　为了实现梦想，五年来，他从没回过家。他一直都觉得自己不孝，即使是除夕，只是花上几分钟给家里打个电话，然后就投入到了紧张的工作中。可是他还是遇到了困难，竞争对手以买通了他的设计师，以至于设计出来的产品，都出现了这样或那样的缺陷，按照合同规定，如果一周之内，交不出满意的产品，他便要面临数倍的赔偿。

　　去找设计师，但早已不见踪影，虽然怀疑是竞争对手做的，但又苦于没有证据。那一刻，他几乎崩溃了。人在脆弱的时候，总会想起最亲的人，他也不例外。在和母亲长长的电话中，他一个劲儿地聊着童年的往事，末了，他说，我回家呆呆。母亲只说好，也没问他任何有关工作的事。

　　他决定放下一切俗事，大不了，操起父亲的锄头，过背朝地脸朝天的生活。

是父亲在火车站接的他。接过行李，父亲很热情地和他说村子里这些年的变化，本以为父亲会问他为什么突然回来，是不是工作上出了什么问题，但父亲却只字不提。

　　吃过晚饭，父亲突然提出要去池塘游泳，他本想拒绝，因为他是怕水的，长这么大，他从没下过那个池塘，也不知道深浅，可万念俱灰的他还是答应了。

　　走到池塘旁，父亲毫不犹豫地跳了下去，见他还犹豫，父亲便语重心长地说："这水，不深，你下来试试就知道了，如果你不下来，你永远都不知道水其实并没那么可怕。"

　　父亲说："孩子，你下来吧，我教你怎么游泳。"他想不明白，一向很忙的父亲，为什么今天这么有闲情教他游泳，而且是在最忙碌的七月。

　　但他还是小心翼翼地走了下来，水慢慢地淹没他的身体，在父亲的指导下，他坦然处之。他想，下水其实也不是那么恐怖的事情啊。

　　充分熟悉了游泳的要领后，父亲开始让他尝试着自己游，虽然呛了好几口水，但他终究还是学会了，他像鱼一样在水里游动着，他还大声地对着水喊起来："我终于不怕水了。"

　　他对父亲说："其实，水就那么深啊。"父亲拍着他的肩膀说："是的，水也就这么深啊，困难也就那么多啊。"

　　那一刻，他顿时恍然大悟。临行前，还是父亲送的他，父亲从手中摸出一张存折说："这是你母亲这几天为你准备的，我们知道你肯定是遇到了难题，我们能帮的也只有这么多，如果实在不行，就回来吧，家里还是有你吃的饭。"

他决定去找买家谈谈，他愿意承担一切损失，出乎意料地，买家再次宽限了他一周，在这一周里，他和员工们加班加点，终于赶制出了符合买家要求的产品。后来，他的公司越做越大，虽然依旧会遇到很多困难，但他总是直面解决。因为，他一直都记得父亲和他说的那句话：水，就那么深。

第四辑

智慧如丝，
织就成功的锦

狄更斯说：这是最美好的时代，这是最糟糕的时代；这是智慧的年头，这是愚昧的年头；这是信仰的时期，这是怀疑的时期；这是光明的季节，这是黑暗的季节；这是希望之春，这是失望之冬。其实世界无何不同，不同的只是看待它的眼睛。知人者智，自知者明。在困局面前，做一个冷静的智者；在艰难时刻，做一个不妥协的聪明人，既不妄想，亦不恐惧，来了便接受，做真实而上进的自己，过真实而上进的人生。

把稻草当成金子卖

古保祥

　　1954年，美国的俄勒冈，有一个16岁的小男孩，他十分喜欢运动，但家境贫寒，为此，他不得每天坚持着长跑运动，他不想让与生俱来的爱好从自己的生命里失去，他发誓要做一个杰出的运动员，还希望自己能够进入NBA。

　　他除了业余时间念书外，每天需要做的事情便是将一大堆从田里割下来的稻草运到市郊。那里，有大量卖稻草的人，而他却是诸多人中最年轻的一个，他敌不过大人的圆滑，更敌不过小商贩的机灵，因此，他常常是以最贱的价格卖掉自己的稻草。显然，他的行为惹来了同行们的鄙薄声，他幼小的心灵受到了极大的伤害。

　　他每天想的最多的一件事情便是如何攒够下一学期的学费，如何能够将稻草卖出个好价钱。他晚上在一个小型运动学校里学习长跑，他的老师是俄勒冈大学的一名体育教师，名字叫做鲍尔曼，他在学校里组建着一只田径队，曾经梦想着能够成为全校甚至于全美的冠军，他将自己的理想向各位学生和盘托出。在业余时间时，鲍尔曼的面前总会摆满了各式各样的运动鞋图纸，他不停的思索着，计算着，其他学生去休息时，唯有这个16岁的小男孩充满了好奇般的蹲在鲍尔曼的身边，鲍尔曼思索的十分专著，他不知道一双惊异的目光掩藏着智慧和灵光，一双小手伸向设计图，"老师，将脚后跟的位置向后拉一点儿，是不是会更好一些？"

鲍尔曼低头看图纸，然后猛地抬起头来，他怔了好一会儿，才用手感觉地拍了拍他的肩。

后来，他才得知，老师是在设计一种更好的鞋型，这种鞋型必须使运动员脚步舒适，并且能够增加弹跳力。原来，老师在想办法从硬件上提高运动员的成绩。

夜晚，他从鞋联想起自己的稻草来，他想到了一个能够促销稻草的办法，他连续几天都在查找市场，终于发现，这里没有稻草的深加工产品。接下来，他开始雇了一些工人，根据自己的设想编织一些工艺品，还有一些床垫之类的东西。

几天后，他抱着试试看的态度，将自己的这些产品拿到了市场上，哪里知道，他一炮轰响，他的这些工艺品畅销全城，一时间，人们争想效仿，不到一周时间，这里简直成了稻草手工艺品的海洋。

虽然稻草生意没有为他带来大笔的金钱，但他却从中得到了许多启发。这时他想到了老师，疯狂地向学校里赶。半路上，他见到鲍尔曼也歇斯底里地在找他，两个人几乎同时说出来：太感谢你啦。

鲍尔曼根据他的提醒设计的鞋子，运动员穿上后在运动会上拿到了全校的冠军，鲍尔曼一夜成名。

时间如梭，三十年过去了，如今，耐克鞋已经成为运动鞋中的佼佼者。1981年，耐克的市场占有额已经远远地超过阿迪达斯，他的创始人耐特也进入了《福布斯》杂志令人垂涎的美国最富有的400人之列，他更是捧红了NBA的明星乔丹，而新品牌"飞人乔丹"上市第一年，就创造了1亿美元的销售量。

耐特的成功缘于他恩师的指点，更是缘于他对生活的认真思索与研究，没有当年卖稻草的亲历，也许就不会有今天的耐特，他就是坚持着"把稻草当成金子卖"的理念，才会越做越大，越做越强。

在这个世界上，稻草都能够成为金子，那么，还有什么不可以换来成功？

嘈杂红尘里的细腻智慧

古保祥

英国伦敦郊区有个著名的小镇叫伯明镇，小镇并不大，但商业发达，聚集着各式各样前来"淘金发财"的年轻人。

不知从哪天起，镇上来了一群无赖，他们游手好闲，整日游荡。

他们带来了嘈杂，这个小镇原来的安宁，被他们的出现打破了，就像一堆碎石，被莫名的力量扔入了平静的湖里，然后便荡起层层波浪。

他们的恶作剧是这样的：挨家挨户要吃的，开始时老板们不愿意给他们，但他们毫不在意，用各种办法捉弄老板，老板们为了不影响生意，便将一些吃剩的饭菜丢给他们，于是以前干净的街道上被扔得到处是垃圾。

他们接下来又在一座简易的台子上，摆上几面破鼓和锣，然后便废寝忘食地开始了他们的"音乐"生涯。

小镇上的人们开始叫苦不迭，动用了大批警察来维持治安，将他们赶走。但过了没几天，他们又出现了，好像故意与大家作对似的。

小镇的人越来越少，好好的伯明镇成了一滩死水，缺乏快乐与生机。

在紧挨着他们"音乐平台"不远的一栋居民楼里，住着一个刚刚辍学不久的音乐爱好者，他的名字叫做戈登，他想考取伦敦音乐学院，但分数太低，无奈下便离了家，躲在这个角落里生闷气。

小镇上的事情同样影响了他，他觉得自己应该下去，好好地揍一顿这些不知好歹的"变态狂"，因为他们演奏的声音简直破坏了他的思维能力，他不得不一次次地罢笔，以至于几天几夜过去了，纸板上依然是空空如也。

他疯狂地冲到街道上，那几个调皮的无赖们依然乐此不疲地进行着自己的"音乐伟业"，街道上没有几个人，人们离开得差不多了。

戈登跑到他们面前，对他们大声叫道："混蛋，赶快给我停止，唱的难听死了。"他们依故如我，他发泄了半天，抓了这个，跑了那个，他们好像故意在与自己捉迷藏的样子，戈登最后脑筋一转有了主意：你们听我的，我让你们谁先唱就谁先唱，你们比赛，看谁唱得好，如果谁唱得好，我今晚请你们吃肯德基。

这话一出口，立刻得到了大家的认可，戈登让他们每个人表演自己的拿手好戏。第一个唱了一首很动人的歌，第二个开始扯着嗓子乱喊，让人听起来毛骨悚然，最后一个孩子的表演吸引了他的注意力，他故意将头发甩了甩，然后大大方方地扭动着腰肢，能将肢体语言如此丰富地运用到唱歌中的人，戈登还是第一次见到。

那天傍晚，戈登的思绪从未有过的活跃，他破例请他们吃了一顿丰盛的晚餐，然后第二天邀请他们继续进行他们的事业。

　　人们惊奇地发现，在这众多的泼皮无赖中，不知何时多了个打扮体面的年轻人。开始前几天，他穿得整整齐齐后来，他唯一的衣服被无赖们给抓破了。

　　一个月后，人们再次惊奇地发现，在那座"音乐平台"上，不知何时添了许多新置的锣鼓，一个叫戈登的年轻人，带领自己新组建的"疯狂乐队"闪亮登场，他们的表演虽然没有章法，但却比原来多了许多韵味。开始时无人问津，直到后来，台下挤满了人，附近的媒体也争相前来报道。

　　半年后，戈登为自己创建的这种乐种起了个好听的名字"摇滚"，这样的音乐表现方式需要非常丰富的肢体表现力与音乐元素相结合。

　　如今，摇滚早已经风靡全球好些年，它的到来，为城市族群提供了一种无法比拟的渲泄方式，更推动了音乐的大变革，可以这么说，二十世纪七八十年代，世界属于摇滚的年代，无数摇滚歌星应运而生，他们为摇滚业的发展做出了巨大的贡献。

　　在嘈杂的红尘中，那个只有18岁的年轻人戈登，发现了无比细腻的智慧与力量，他将复杂嘈杂的声音与音乐相结合，满足了人们对音乐的新追求。

牛不出栏鱼不卖

张珠容

安泉是贵州省遵义市凤冈县的一名商人，之前一直在昆明做生意。几年前，安泉回老家玩时找到了一个很好的商机。

凤冈县有一条小溪沟，那里野生鱼很多，安泉经常去捕鱼、钓鱼。一次偶然的机会，他捕到了不少在当地几乎绝迹、一斤能卖到一百多元的鱼——七星鱼。安泉就想：七星鱼在其他地方都已经见不到，却在小溪沟里生活得很好，说明这里的水质好，很适合鱼生长。

于是，安泉就投入一千多万元，将这条小溪修成了全长十多公里的河道。他听说不少村民之前捕到七星鱼后都养在自家池子里，就挨家挨户高价收购他们的小七星鱼。很快，他就收购到了一批鱼。村民们看到这鱼值钱，有空就去捕捞，然后再卖给安泉。

除了在河道里放养七星鱼外，安泉还引进了草鱼、青鱼、鲤鱼、鮰鱼、螃蟹等。两年过去了，河道里的鱼渐渐长大，当地人对安泉十分佩服。这时，有人出三千万元的高价要买安泉整条河道里的鱼，却被安泉一口回绝了。这下大家开始热议了：三千万都不卖，安泉是怎么想的？

其实，安泉早在心里规划好了一个巨大的财富计划。在河道养鱼，只不过是他计划里的第一步。

在修完河道养完鱼之后不久，安泉就前往澳洲和云南花一千多万引进了两种牛——安格斯牛和云岭牛，然后又花八千多万元建了两个牛场。安泉为什么非要养这两种牛呢？

原来，安泉有一次去日本神户，想吃当地的雪花牛肉，雪花牛肉，指的是脂肪沉积到肌肉纤维之间分布均匀、能形成似大理石花纹形状的牛肉。没想到，安泉在神户问了几家餐厅都被告知：要提前两三个月预定才能吃到雪花牛肉，还要先交预定费。由此安泉看到了雪花牛肉的巨大市场。他还了解到，雪花牛肉在业内被分为A1~A5五个不同等级。等级不同，价格也就不同。比如A3等级的雪花牛肉，100克能卖到二百八十元左右。而A5级别的雪花牛肉，100克则可以卖到四百八十元左右。

安格斯牛和云岭牛，体型都很大。最关键的是，它们出产的雪花牛肉的级别非常高，几乎都能达到A4、A5级别。所以安泉专门引进它们来养。不过有意思的是，养了牛之后，安泉就放出话来："牛不出栏，鱼就不卖。"

大家觉得好奇：雪花牛肉的确能卖出高价，可为什么安泉非要等牛出栏才肯卖鱼呢？原来，他一直在等待一个机会。

其实安泉一开始就想以雪花牛肉作为招牌，定位是中高端人群。他在牛快出栏时，开了几家专卖店和实体体验餐厅，然后搭配着卖东西。比如，有机蔬菜搭配雪花牛肉来卖，有机大米搭配野生鱼来卖。把鱼和雪花牛肉放在一起出售等等。

如此一来，再普通的鱼也能卖出高价。

安泉说："鱼和牛肉，看起来是风马牛不相及的两样东西，可实际上，它们有个最大的共同点，那就是：它们都是很抢眼的'原生态'。所以，一定要把它们凑在一起卖，否则可惜了。"

为了让体验餐厅更吸引人，安泉特意聘请专业大厨现场制做雪花牛肉，力求把雪花牛肉的美味发挥到极致，并且每块雪花牛肉的烹饪过程顾客都可以看到。市场上，普通的牛肉一斤二三十元。可做好的雪花牛排，在安泉的餐厅里至少能卖到二千多元一斤。一头云岭牛可以出八十多斤的雪花牛肉，所以一头牛光卖雪花牛肉就可以卖到十五万元左右。剩下的四百多斤普通牛肉，安泉用来做牛肉火锅。这样一算，一头牛在安泉的餐厅轻轻松松就能卖到二十万元。餐厅里，最受欢迎的鱼是七星鱼。七星鱼肉质细嫩，味道鲜美，只需要简单的煎炸，一条半斤左右的七星鱼就能卖到一百多元。就连一条普通的草鱼，因为和雪花牛肉挂钩，一斤也卖到了五十多元。

居然把牛肉和鱼卖出了那么高的价格，很多人都说安泉是一位营销高手。安泉却说："再高的营销手段，也得建立在好产品的基础之上。"的确，好产品加上好营销，才能做出好市场。这是创业成功的一条铁律。

奔跑才能追赶成功的梦想

小 洁

一个人只要有成功的梦想，就一定会朝着梦想努力飞奔。

三十出头的孙凯大学毕业后在 Tesco 英国全球食品做了十年的生鲜零售采购工作。

2016年年初，他做出了一个意外的决定，决心放弃英国公司的高薪职位辞职回国。回国后他加入国内的"盒马鲜生"，负责供应链管理。就是这次转型，让他对线下市场有了更好的体验。

没想到几个月后父亲就因患上肝癌离世了。但却让他萌生了一个创业念头，那就是一定要为百姓的健康谋福利，把新鲜、无公害的蔬菜、水果和海鱼，送到百姓身边，让他们放心购买、放心食用。

他决心联手有着共同梦想的阿里技术大牛老陈一起创业。

2016年7月他们成立了上海鲜在时网络科技有限公司。

为了学习先进经验，他们跑到日本东京去考察生鲜市场。那些天他们一共跑了10家8个品牌的生鲜超市。他们在东京最大的鱼市，记录超市商品的动线轨迹、店铺选址、商品结构陈列、生鲜商品操作系统。当每天回到住所，两个人不顾疲惫交流所看、所想、所思。他们要把最先进的生鲜零售经验带回中国。

学习让他们有了创业方向的认知，线上购买是国内的强项，生鲜零售在走平台化，怎样增加体验感呢？为更好地匹配线上与线下，打通会员体系，他们需要打造一个爆款的生鲜体验店。

于是他们找到上海郊区的蔬菜种植基地，这里是农场，也是实验室。当他和老陈第一次走进这里时不由得震惊了。只见一排排整齐的蔬菜地，各种蔬菜长势良好，还有科技人员正在拿着本子在对种子生长做记录。孙凯随手摘下的一颗红红的、带着露珠的小番茄直接塞进嘴里，淡淡的甜味透着新鲜的香气很好吃。这样有机、无公害的绿色蔬菜足够让人放心。

蔬菜的事情安顿好了，他们又踏上了寻找最棒海鲜的旅程，国内：俄罗斯海白令公海的帝王蟹，波士顿的大龙虾、日本的三文鱼……从深海捕捞上来后，直接进行生冻处理，36小时内就可以直达顾客餐桌。

孙凯和老陈也做好了分工。他负责前端供应链，和农场直接签约后真正实现店仓一体。老陈负责后端技术，联合7位互联网大咖一起开发了"鲜在时"的APP。

2016年9月上海"鲜在时"蓝村路体验店投入运营。它位于居民的小区内，店内环境不但干净整洁，而且这里的生鲜绿色、无公害，因此体验店里顾客络绎不绝。有一位住得很远的奶奶一周来两次，就为了给孙子买新鲜的三文鱼。一次孙凯向这位老奶奶询问："大娘您觉得我们这个店商品怎么样？满意吗？"老奶奶竟然竖起大拇指说："你们家海鲜味道很赞，我专门买给孙子吃！满意，很满意。"不但是老奶奶，就连居住在很远的不少顾客都特意跑到店里来选购。他们都说，这里的生鲜、蔬菜、水果太棒了！

体验店经营的有声有色，而"鲜在时"APP更让用户操作起来得心应手。现在顾客需要购买什么，不需要出门，可以在线上一键下单。App上各式商品种类和价格一目了然，扫扫商品二维码就可以在线支付。这样几千公里之外的海鲜、刚从地里摘下的蔬菜，足不出户30分钟内闪电送达。线上和线下有机结合给顾客带来了方便、快捷的生活。

优质服务不但赢得了丰厚的利润，更促成了公司的迅猛发展。2017年1月"鲜在时"完成天使轮融资。3月又完成两家新店选址。

孙凯在谈起公司未来发展时，他说："我希望有更多的人能和我们一起，一起把'鲜在时'这个'菜市场'打造成潮流爆款。"当逛菜市场变成百姓一件最时髦的事情时、当菜市场成为朋友圈里的网红打卡点时、当买菜只需动动手指时，你说还有什么是不可能发生的呢？

孙凯最喜欢无间道里说过的一句话："人改变不了事情，只有事情能改变人。但有些人，确实能够改变一些事情。"如今他和老陈为了'鲜在时'不断发展整日忙碌着。但在闲暇时，他们喜欢一起品茶、聊天、放松自我。

从菜市场买菜到互联网动动手指买菜，这质的飞跃让人不由得感慨科技的神奇。当有人问起他成功的秘诀时，孙凯笑着说："我们一路奔跑着，就是专注地把每件事情都要做好。这样成功自然而然就达到了。"

让硫磺变成满天烟花

王 磊

　　在这条街上卖报的报童都非常讨厌一个人。那个叫沃伦的人也是和他们一样的报童，只是他卖报的手段非常高明，每天其他人卖的报纸加起来也没有他一个人卖的多！眼看着自己赚的钱越来越少，报童们对沃伦的态度也越来越差，后来谁也不和沃伦说话，将他彻底孤立了起来。

　　小沃伦知道伙伴们孤立自己的原因之后，并没有说什么，仍旧笑呵呵地卖着自己的报纸。孤立了沃伦之后，其他报童们发现自己卖的报纸仍旧是不停地减少，却没有人能想出解决的办法。这一天，几个卖报的少年正在追逐打闹，小沃伦忽然走过来和他们打起了招呼。玩得正高兴的报童们也礼貌地和他打了招呼。小沃伦走到大家面前，拿着报纸问道："想知道为什么你们的报纸总是卖不出去吗？"这几个孩子一听，立刻忘了孤立小沃伦的事情，围在他周围让他帮着出主意。

　　"我们卖的都是经济类的报纸，而这条街上不止有上班族和经商的人，而且还有很多家庭主妇，我们只卖经济类报纸，却不卖家庭类的报刊，生意当然不会太好了。"小沃伦这么一说，大家立刻恍然大悟。第二天，大伙儿按照小沃伦的主意分成两批人，一批人继续卖经济报刊，而另一些人则去卖新进来的家庭报纸。结果，报童们当天的销售出奇的顺利，卖完报纸之后，大家把小沃伦像英雄一样高高地抛了起来！

后来，有小伙伴问沃伦，为什么早不说出这些主意？小沃伦反问道："那时候你们都那么讨厌我，我说的话你们能听的进去吗？"从那之后，小伙伴们都特别愿意跟着沃伦，无论什么事情都喜欢让他帮着出主意。这些以前和沃伦充满了矛盾的报童们，现在都成了沃伦的好朋友。

小沃伦凭借着自己出色的经商头脑很快就积攒下了不少金钱。长大之后，沃伦成了一个投资专家，年纪轻轻的他凭借着自己超越常人的商业天赋迅速崛起。在接下来的十多年里，因为沃伦的努力，他的投资公司不断创造着投资的奇迹，为投资人赢得了大量的财富。

然而，天有不测风云。有一年，在投资领域已经如鱼得水的沃伦却遇到了麻烦。在同行一路高歌猛进的时候，沃伦的公司却在投资市场上损失不小。在一次董事会上，一个急脾气的股东大声指责着沃伦的失败，情绪非常激动。其他股东都紧张地看着沃伦，担心他会控制不住自己和这个急脾气的股东吵起架来。

急脾气的股东指责完之后，沃伦并没有反击，而是看看手表，宣布大家可以去吃午餐了，会议在午餐之后再继续。在为股东们准备的高级餐厅里，沃伦微笑着坐在了那个急脾气股东的面前。对方没想到沃伦会坐在自己面前，猛地愣了一下。沃伦耸着肩膀开了句玩笑，急脾气的股东脸上也终于露出了笑容。这时，沃伦和对方谈起了这一年投资上的事情。沃伦首先承认自己有些投资是不成功的，但他告诉对方自己已经将这些投资转移到更好的领域里了，而还有一些投资暂时看起来没什么效果，但是有着非常好的未来。沃伦仔细地给这个股东讲解着，直到他明白了自己的想法为止。

当天下午，股东大会继续召开。那个急脾气的股东已经明白了沃伦的投资策略，没有再说什么，整个会议进行的都非常顺利。经过这次股东大会，沃伦得到了股东们更多的信任和支持，因此顺利度过了公司的危机。而大家也知道了沃伦和那个急脾气股东沟通的事情，对他的交际能力和做人的智慧都佩服不已。沃伦的这一举动为他赢得了很多朋友。

几十年之后，这个叫沃伦·巴菲特的老人已经成了投资界的巨子。当美国金融危机爆发，人人自危的时候，巴菲特的投资集团却依靠着他过人的智慧和强大的实力在危机中不停地盈利。在这次金融危机中，无论巴菲特做风险多么大投资，他的朋友和商业伙伴们都坚定地帮他出钱出力。一位商业评论界评价道："巴菲特的成功，不仅因为他拥有让人无法想像的投资天才，更因为他机灵智慧的性格为他赢得了无数人的支持。他身上有一种魔力，能将争执的对手变成变成朋友，将硫磺变成满天烟花！"

让硫磺变成满天烟花，让一切争执、误会、冲突，都变成结交朋友的契机。世上很少有不能成为朋友的人，只是我们缺少将矛盾转化成友谊的智慧罢了。硫磺用的不好就是伤人的炸药，用到恰当的地方就能绽放满天的烟花。但凡有大成就的人，往往都有将人与人之间的硫磺，转化成满天美丽烟花的能力。这种处世的智慧，才是我们成功的前提。

卖产品不如卖创意

蓝小柯

　　也许你永远也不会想到，一个普通女工不但把盘子卖到了欧美，居然还把盘子卖给了英国女王。是的，她就是唐山市一家名不见经传的民间陶瓷厂的下岗女工李素芬。

　　因祖辈几代人都从事陶瓷业，瓷器上那些精美绝伦的图案更让她非常倾心。所以长大后的她，也成了一名地道的陶瓷厂工人。

　　然而，1999年，因单位效益不好，李素芬被迫下岗。找工作四处碰壁后，非但没有让她沮丧，反而让性格倔强的她决定开一家自己的陶瓷厂。功夫不负有心人，经多方筹备，2003年，李素芬的"恒瑞瓷业"陶瓷厂终于落成了，而且她厂里的员工大都是下岗女工。唐山市是号称有六百多年历史的"北方瓷都"，光陶瓷厂就有二百多家，要想立足于陶瓷行业，谈何容易。

　　李素芬清楚地认识到，如果一味地走传统生产经营的老路子，将不会有什么发展前途。于是，她决定一步到位，生产大名鼎鼎的骨质瓷，销往欧美市场。

　　李素芬是个勇于创新的人，为了能将产品早日打入欧美市场，她不惜重金聘请技术人员。经过多次公关，她的"恒瑞瓷业"通过了国家商检部门对产品各项指标的验收。接下来便是如何将产品投放到欧美市场了。

2009年秋天，李素芬从一位欧洲客商口中得知，瑞典王储维多利亚公主将于2010年5月大婚，正在世界各地征集婚礼纪念品。她意识到，展示企业形象的机会来了。于是，便带着销售经理赶到瑞典考察。

到瑞典后，在与客商商谈订单时，客商提出来让她先做出样品送给对方筛选。那天，正好那位客商带着一男一女两个助手，这让李素芬突发奇想。她想，婚礼纪念品，何不将一男一女的彩色照片印到瓷盘上，说不定这个创意公主会喜欢呢，因为年轻人都爱时尚。

于是，经过较短时间的制作，空运，一个精美绝伦的瓷盘通过客商之手送进了瑞典王宫，不出所料，瑞典王室在看到那个印有一男一女彩色照片的瓷盘后非常喜欢。经国王授权，当即就与李素芬签下了生产5万件印有王储夫妇肖像工艺骨质瓷盘的合同，作为瑞典王室送给应邀嘉宾的礼物。所以，李素芬不仅轻易就赚到了一笔钱，而且还相当于在全世界为自己做了一次活广告。

正是因为有了这个订单，李素芬的产品吸引了英国王室的目光。2011年4月，威廉王子迎娶平民王妃凯特米德尔前，王子王妃见到这些镶嵌着照片的瓷器后，非常感兴趣。于是李素芬没有通过竞标就顺利拿到了生产75000件的婚礼礼品瓷的订单，风风光光地又赚到了一大笔英镑。

威廉王子大婚后，李素芬得知英国将从2012年6月2日起，连续放假四天并举行多项活动，庆祝女王伊丽莎白二世即位60周年，这无疑又是一个绝好的机会。

然而，虽然上次李素芬的彩照瓷盘有幸入选，但因为王子王妃都是年轻人，对时尚的东西很容易接受，这次英国女王是否认可，李素芬不免心中有点忐忑。没想到的是，经过和王室方面的沟通，才知道女王也非常喜欢中国瓷器，再加上上次有为威廉王子做纪念瓷的铺垫，李素芬又轻松拿到了英国王室的订单。而且在2012年6月的"钻禧庆典"中，她精美绝伦的瓷盘大出风头，意义非凡。

如今，欧美的订单铺天盖地，多到让李素芬招架不住，她的产品品种也多达700多种。更令人惊奇的是，一个在国内只能卖几元钱的瓷器，只因附加上一定的文化内涵，在欧美竟然卖到300元甚至500元。

由此可见，"卖产品永远不如卖创意"。也许正是凭着这种经营理念，李素芬才创造了"一个普通女工把盘子卖给英国女王"的商业传奇。

选择薪水最低的公司

花瓣雨

他是一个日本人，从小就对汽车感兴趣，梦想着有朝一日也能拥有一家属于自己的汽车公司。然而他对汽车的知识也只是皮毛而已，所以大学毕业后，他准备去汽车公司就职。

彼时，通过简历投递，已经有三家汽车公司向他抛来了橄榄枝。而这三家公司的薪水却相差很大：最高薪水和最低薪水的公司居然相差2万多日元。而令所有人没有想到的是，他居然选择了那家薪水最低的公司。

进公司后，他就开始潜心研究汽车的性能。他发现，这家公司的车体使用的是性能良好的钢性支架，再加上安装的是全时四轮驱动系统，也就是当汽车的四轮发生打滑时，能自动调整并防止打滑现象，以保持完整的轮胎抓地力。所以在高速拐弯，或者发生碰撞时，它比一般轿车更沉稳，具有很高的安全系数。

多年后，他带着一流的汽车技术，终于成立了自己的品牌汽车公司。他的公司理念是："如果你打算造一部汽车，那就造一部成熟的汽车。"凭借着这一理念，他的公司做得风声水起，在日本享有很高的声誉。成功后的他，被记者团团围住。当记者问起他："当初为什么选择那家薪水最低的公司？"他开始若有所思。

原来，那一年，心思缜密的他不断地搜集着汽车方面的新闻和资料，突然，他在报纸上看到这样一则消息：在韩国南部一个高速公路上，一辆汽车在试图超车时，因失控撞在护栏上又弹了回来，进而引发了连环相撞的事故。

在这场灾难中，共有12辆车相撞，而这些汽车几乎都是车翻人亡。它们分散在高速公路上，压扁的金属和破碎的玻璃随处可见，有的汽车撞在金属护栏上，场面真是惨不忍睹。

然而，就在人们嗟叹这飞来的横祸时，细心的他却从中看到了潜在的一幕。因为在这场车祸中，令人没有想到的是，有一辆轿车，虽然车身被撞得支离破碎，但这辆车却平稳地停在路上，而车内的司机也完好无损。

他不禁暗自惊叹，这不正好是给出薪水最低的那家公司所造的轿车吗？没想到，正是这家公司的轿车，却安然保全了人的性命。这让他不禁眼前一亮，这辆轿车日后的销量一定会超过另外两家薪水较高的公司。而这家公司的轿车，无论从车的外观，还是车的价位，也很容易被人们接受，于是，他毫不犹豫地选择了那家薪水最低的公司。

事实也正如他所预料的一样，几年的时间，这家公司的汽车很快名声大噪，薪水也是水涨船高，早已超过了当初应聘时所遇的另外两家公司。

而他之后也成为了一代汽车大亨，他就是日本斯巴鲁汽车公司的CEO凯特。虽然生产一种能让人们买得起的、具有良好性能的汽车在技术上是非常艰巨的，而且许多制造商都不愿意染指这一难题。然而，凯特却凭借其强大的技术实力接受了这个挑战。尽管这条路走了很多年，但凯特却获得了巨大的成功。

其实，成功与否，不仅在于你付出了多么大的努力，关键还在于你有一双善于用心观察的眼睛，而凯特之所以选择薪水最低的公司，就是因为他从中看到了公司发展的广阔前景。

把雪卖到热带去

彭根成

　　谁也不会相信，大自然恩赐的雪居然能被当做商品出售，而且还大赚了一笔。而这个把雪卖到热带地区的人，就是美国马萨诸塞州的凯尔·韦林。

　　每年的冬季，美国东北部都会连降大雪，积雪厚度一度达到60厘米，给当地人的出行造成很大不便。政府部门出动了大量的清雪车，但还是有很多积雪不能得到清扫。于是，政府临时出台了一条规定：居民住所外面人行道上的积雪由居民自己负责清扫。

　　头脑精明的凯尔·韦林就居住在马萨诸塞州的首府波士顿。每次清扫积雪都让他和邻居们感到头疼，凯尔·韦林的住所处在一处低洼地带，如果清扫的积雪不能及时运出去，气温回暖后门前就会变成一片汪洋。有时候他不得不和邻居们合伙出资租用大卡车往城外运雪。

　　这一年冬天，美国东北部的马萨诸塞州又迎来新一轮的暴风雪。积雪厚度达到30厘米，外面在下雪的时候，凯尔·韦林只能躲在屋里上网，并在自己的空间抱怨大雪给人们带来的不便。可是不久就有人在他的空间留言："要是这里也能下一场大雪该多好啊！"、"我还没有见过真正的雪呢！"、"我们要是能堆雪人、打雪仗该多好啊！"……这些留言都是南部热带地区的网友，他们那里从不下雪，有条件的在冬天会不远万里来北方看雪玩雪，没有条件的一辈子也看不到雪，尤其是南方热带的孩子们，多么想和小伙伴们打雪仗啊！

看了这些留言，凯尔·韦林来了灵感，萌生了在网上卖雪的念头。于是，他马上注册了一个网站，名叫"运雪给你"（ShipSnowYo.com）。他把雪装在大口的玻璃瓶里，每瓶16.9盎司（约合480克），售价19.99美元。网站开通不久就有了订货人，第一个买雪的人是美国南部佛罗里达的吉克斯。凯尔·韦林通过快递把货发出去了，做成第一笔生意令他非常兴奋。可是，第三天他得到了吉克斯的反馈：收到的哪是雪呀！简直就是雪水的混合物啊。后续几位客户的反馈也是这样。凯尔·韦林知道，雪在运输途中由于温度逐渐升高而化成了雪水。怎样才能保证雪在运输途中不会融化呢？

有客户提议用大瓶装雪，这样即使融化一些，但还会剩下一部分雪。凯尔·韦林采用了客户的建议，把装雪的容器改为6磅，价格也调整为89美元。他还选择了隔夜交货的快递方式。这样运到客户手中的雪，有的虽然化了一点，但还足够做成15个雪球，人们就可以用这些雪球打雪仗了，有的还可以用来堆成一个小雪人。这对热带地区没有见过雪的人们来说，是一件多么有趣的事啊！

仅仅10天时间，凯尔·韦林在"ShipSnowYo.com"网站上就售出了近200份雪，净赚了1万多美元。凯尔·韦林还表示，只要老天还在下雪或地面的雪不化完，他就坚持卖下去。而且还会对包装和运输进行逐步改进和完善，尽最大努力让客户达到满意。

　　人们总是抱怨找不到赚钱的途径，其实如果你的思维独特、眼光独到，就会像凯尔·韦林那样发现身边许多潜在的商机。

用石头摆出的人间奇迹

成　子

在美国的科罗拉多州的博尔德景区内有一座平衡石头艺术公园，每天都吸引很多世界各地的游客前来观赏。人们无不对这里独具特色的石头平衡造型惊叹。

这个公园的缔造者是来自加拿大的迈克尔。迈克尔1984年出生在加拿大的埃德蒙顿地区。2002年，18岁的迈克尔来到美国的科罗拉多读大学。即将大学毕业的时候他和几位同学到博尔德景区游玩。在一条小河旁，他看到两个小朋友在河边用石头玩垒房子的游戏，一个稍大的小朋友已经用石头垒成一个"楼房"，而另一个小朋友却怎么也垒不起来，急得直哭。好心的迈克尔便上前去帮忙，迈克尔想：我何不试试把石头立起来，再往上垒呢？这样才能显示大人比小孩子高明。第一层从地面垒起来还算顺利，可第二层是要把每一块石头都要立在第一层的石头上，难度就大了，开始摆了几次都没有成功。他停下来让内心平静平静，尽量让双手保持平稳，一点点儿调整石头的重心。反复几次居然成功了。虽说费了很大功夫，但是一座很漂亮的"楼房"还是垒起来了。

这时，跟随迈克尔一同来的几位同学也凑了过来，都对迈克尔的杰作赞叹不已。这时有个同学像是自言自语地说：
"要是能把多块石头立在一起摆成各种独特的造型就更好
了！"说者无心听者有意，受到提醒的迈克尔拾起两块石头
又摆起来，不一会儿，同样以人们觉得不可思议的造型摆了
起来。又连续试验几次，虽说有成功有失败，但这一次的经
历却激发了迈克尔摆石头的兴趣。

从此，迈克尔一有时间就到这里练习摆石头。这里有原
来采矿的时候留下来的碎石，还有河床上大量的鹅卵石。迈
克尔先从有棱角的碎石练起，一开始摆两块，然后三块、四
块、五块……再逐渐的掺杂一些难度比较高的鹅卵石。

在练习的过程中迈克尔发现，平衡石头的最基本的元素
是在石头上找到三个支撑点，类似于三脚架或三足鼎。所有
的岩石都有各自的缺口，从这些缺口中找到三个立足点，就
能让它们站立起来。即使是岩石上最小的缺口也会产生附着
力，这种附着力就是石头本身的重力在石头间形成的一种无
形"黏合剂"。

在实践中，迈克尔还感到仅靠理论是不能使石头平衡的，
要想成功还必须要有惊人的耐心和足够的专注力、平稳的双
手和缓慢的呼吸，最关键的还要有成功的信念。在闲下来时，
他开始练习打坐和冥想，通过冥想赋予每个石头以生命力，
再用自己的意念和耐心，调节身心的平稳，石头之间一些微
妙的平衡就会被感知到了。

2006 年，迈克尔大学毕业后，想专门从事平衡石头的事
业时，却遭到父母的极力反对，他们认为迈克尔是不务正业，

把摆石头当成业余爱好可以，但决不允许当成一项事业。父母一致要求他去一家大公司熟悉管理业务，将来回到加拿大接手家族企业。迈克尔人进了公司，心却一直留在在石头上，一有时间他就跑到河边去摆石头，还把大量的鹅卵石带回公司，在办公室有时也会拿出来摆一摆。

两年以后，迈克尔毅然离开公司，专门做起了平衡石头的事业，他称自己为"石头平衡艺术家"。他利用博尔德景区的独特资源设计了一座平衡石头的公园，他在这里完成了大量的石头雕塑。每一个雕塑都让人觉得这些石头浑然天成，已经摆脱了重力的束缚，让人难以置信这是用石头可以达到的境界。他的"作品"让人感到有一种魔力，能使人感到内心的平静。

2014年6月份，迈克尔的平衡石头艺术公园向全世界游客开放。10月份，迈克尔还接到意大利米兰世博会组委会的邀请，将于2015年米兰世博会期间在世博园举行平衡石艺术表演。

迈克尔还把自己的创作通过网络分享给世界各地的观众们，同时也为博尔德景区吸引来大量的游客。迈克尔曾对游客说："克服你内心对成功的怀疑，通过不断努力，任何事情都将成为可能。"

火遍全球的"烂箱"

小 洁

意大利人弗朗西斯科·帕维亚出生在一个箱包世家,他父亲是个手艺精湛的箱包工匠。耳濡目染下的帕维亚可谓对各式箱包熟稔于心。

青年时他绝对是个浪子,从中学时他就有意标榜自己与众不同。看够了同学穿的T恤千篇一律,他就亲手设计风格鲜明的衣服,先是兜售给同学,后来老师看了他设计的服装,也忍不住购买。学习不好的他酷爱旅行,于是他扛着包开始流浪,开始接触世界各地形形色色的人和事。

有一次,他在机场候机的时候,无意间听到了身边两个旅客的对话,其中一个人担忧地说:"拜托上帝,这次我的行李箱可千万别再被机场托运机给摔坏了。"另一人听完哈哈大笑,调侃道:"我看不保准儿,谁让你的行李箱太烂了!一摔就坏。"

这让他出乎意料,没想到简单的一个箱包,就能让人忧虑,破坏旅途玩乐的心情。

"有痛点的地方,就有商机。"他顾不上接下来的旅行,当即买了张机票飞回家,想设计一款不怕摔的行李箱。但让人意想不到的是，他没有采用惯常的设计理念，反而接下来的举动让所有人都大为吃惊，没事就拿个行李箱使劲儿摔，自己摔不过瘾，还经常邀请许多朋友来一起摔。起初朋友们都以为他是不是受了什么刺激，拿行李箱撒气。

但一年半之后才明白了他的真正用意，原来之前的试验是要找出行李箱容易被磕坏的地方，然后主动把它设计成凹槽。这样就能更好地避免被摔坏。除此箱子还采用了许多特殊的材料，比如箱子外壳采用了聚碳酸酯材质，抵抗高冲击之余，还能保持轻便。同时材料是环保的，符合欧盟化学物的使用规范。箱子内里有一层海绵缓冲保护，只要旅客不是用力过大，里面的物品就能保护得很好。更为先进的是箱子里还配备了一个的海关专用TSA密码锁，还可以随时追踪旅客的行李箱。

这款名为"崩溃的行李"的"烂箱"在面世之后，如何打开销路成为头等大事。聪明的帕维亚马上发动了一波营销。他先是在社交网络上主动@机场，"打扰了小哥，能不能别把我的箱子轻拿轻放"，言外之意就是你们使劲摔吧，反正摔成什么烂样，客户也不会在意。

没想到这一成功的事件营销，立马让"烂箱"的理念深得人心，箱子的销量开始大涨。帕维亚觉得这还远远不够，有了用户基础的他，马上在网络上发起摔箱活动，评选出5个摔得最烂的箱子，为其主人终生免费供应箱包。结果这一活动大火。

不少人表示，多年的强迫症，一下子就摔好了。这还不算完，紧接着他再次发布一列视觉冲击极强的海报，再次让"烂箱"的理念深入人心。生活中有些东西要小心谨慎，但有些却完全不需要。自从有了这个"宝贝"，人们的旅途还真就变了样，不必在乎箱子的安危，放开玩。机场托运工人看见了这样的"烂箱"，不忍心再去狠摔，反而轻拿轻放。因此这样逆向思维的设计和营销不仅没有引起人们的反感，反而为其吸引了一大批忠实粉丝。其中我国知名演员刘烨在参加《爸爸去哪里》的时候用的是这款如今火遍全球的"烂箱"。

这款箱子售价200欧元，基本不用什么售后，反正客户可以随心所欲地摔，在等待传送带送来行李箱时，人们也不用害怕行李箱被摔坏，旅途的始末都能保持好心情。同时各种时尚的颜色，也让它在"箱海"中被一眼认出。

因此要想获得成功，就一定不要沿着"原路"，多些逆向思维，反向前进，相反的方向何尝不会有新的高度。

骂出来的90后亿万富翁

朱永波

　　埃文·斯皮格尔出生在美国一个殷实的律师家庭，优越的家境使他从小养成了花钱大手大脚的习惯，为此父亲没少批评他。所以斯皮格尔一直希望有一天能拥有自己的公司摆脱对父亲的依赖。

　　在斯皮格尔17岁那年，他的父母离婚了，斯皮格尔跟随父亲居住。家庭的变故使得斯皮格尔脾气暴躁，更加热衷于挥霍。他不断透支他的信用卡，并经常买一些没用的奢侈品。

　　有一天，斯皮格尔正在用手机和朋友讨论购买一辆价值7.5万美元的宝马535i时，突然内急，便把手机扔在沙发上去了厕所。这时，斯皮格尔的父亲无意间拿起了儿子的手机，看到了儿子手机里的新宝马车照片后暴跳如雷，因为之前他刚花了5.6万美元给儿子买过一辆新的2006款凯迪拉克凯雷德。

　　面对父亲的责骂，斯皮格尔大声喊道："我经常在城市驾驶，所以想要一辆小一点儿的车。"父亲说斯皮格尔是个疯子，斯皮格尔反驳父亲"你或许很反感我对某些东西的喜爱，比如汽车。但别忘了，你自己是多么钟情于Bose耳机。"

　　在和父亲闹翻后，斯皮格尔搬去和母亲住在了一起。冷静下来之后，斯皮格尔开始怨恨自己为什么不小心点，没把手机放好才让父亲发现了他的隐私。

一天，斯皮格尔在和好友布朗、墨菲吃饭时又说起了此事，三个好友说着说着突然生出一个点子：能不能开发出一款聊天软件，好友看到信息后立即消失，不留下任何痕迹，这样谁也无法窥看到你的隐私。

原本只是酒话，斯皮格尔却认真起来，他一回家立即着手调研这款软件的应用前景。经过调研，斯皮格尔发现"阅后即焚"的创意在年轻人当中很受欢迎，因为年轻人都渴望自己能摆脱父母的监控，拥有更自由的聊天空间。而一些想要发送商业机密或者敏感信息的用户也很希望能拥有一款这样的软件。但也有一些人认为这款软件不会有市场，因为Facebook等社交软件已经拥有极大的用户群，想分一杯羹并不容易。

斯皮格尔坚信他能成功，他找到墨菲商讨此事，墨菲却早已忘了这件事。最终在斯皮格尔的劝说下，墨菲接受了他的想法，两人开始夜以继日地写代码。经过数月的通力合作，在2011年夏天，一款名为Snapchat的聊天软件诞生了，这款软件可以拍照、录制视频、添加文字和图画，更重要的是所有照片都有一个1到10秒的生命期，用户拍了照片发送给好友后，这些照片会根据用户所预先设定的时间按时自动销毁。而且，如果接收方在此期间试图进行截图的话，用户也将得到通知。

这款软件一问世，立即引起了轰动，受到了美国年轻人的追捧，用户直线上升，到2014年，Snapchat的估值已经超过了100亿美元。Snapchat的火爆也引起了全球聊天软件巨头Facebook老板马克·扎克伯格的关注，他要以30亿美元现金收购Snapchat，但却遭到斯皮格尔的拒绝。如今，斯皮格尔的净资产已经达到15亿美元，成为全世界最富有的"90后"。

很多人都有要解决实际问题的想法，而大多数人只是停留在说说而已这个层面，说过之后便烟消云散，随风而去。

善待自己的念头

游宇明

　　鲜有人不希望自己成为"成功人士"。人的生活有时就像一场足球赛，谁射门最多，谁就能得到最大的关注。然而，一般人总觉得：成功是少数人的专利，因为它需要超群的智慧和常人不愿付出的汗水。我们很少想到：许多时候，成功仅仅缘于一个念头。

　　你一定吃过冰淇淋甜筒，这东西又好吃又便宜，你知道它是如此问世的吗？1904年，圣路易博览会与奥林匹克运动会一起举行。共有五十三个国家参加了这个博览会。在博览会上，有一个男子租了一个摊位卖冰淇淋，还有一个男子租了一个亭子卖热鸡蛋饼，两人的生意都好得无法用语言形容。有一天，鸡蛋饼摊位的纸盘子用完了——他都是用纸盘子盛着鸡蛋饼，加上三种不同的配料卖给顾客的。然而，在整个博览会会场里，居然没有一个人肯把纸盘子卖给他，这些人担心卖了纸盘子给他，会影响自己的生意。鸡蛋饼摊主决定不用盘子装，把鸡蛋饼直接卖给顾客，结果糖酱全流到了顾客的袖子上。后来，他只好从邻近的冰淇淋摊位买进冰淇淋，然后转手卖出去。虽然他手里卖着冰淇淋，脑子里却在思考着如何处理那些剩下的鸡蛋饼原料。突然，一个念头闪现在他的脑海中。第二天，他在妻子的帮助下，做了一千个鸡蛋饼，并用一块铁片把它们压扁。然后，趁着这些鸡蛋饼还热的时候，把这些饼片卷成圆锥状，底部有个尖端。第二天中午之前，他把一千张里面装着冰淇淋的鸡蛋饼卖完了。后来，他专门从事"冰淇淋甜筒"的制作，成了一位有名的富商。

我们每个人都可能碰上了诸如纸盘子卖完这样的事情，一般的人只是屈服于事实，也就是所谓听天由命，但这位鸡蛋饼摊主不是这样，他的脑子里总是转动着在挫折面前如何让自己成功的念头，念头产生之后，立即付诸行动。正是这种呵护并用心经营自己念头的精神，使他迈出了成功的第一步。

其实，几乎所有的成功者都是懂得善待自己的念头的，苹果砸中过千百万人，只有牛顿发现了万有引力规律；许多学电脑软件的人都梦想成为大富豪，比尔·盖茨却敢于中途退学创立微软；一般的农村青年高中毕业之后忙于干农活，只有陈忠实坚持写小说，终于以《白鹿原》享誉文坛……生活就是这样奇怪：有了念头敢于迎接失败的人，最终超越了失败；把念头束之高阁不想失败的人，最后却走向了人生的大失败———事无成。

这样讲，并不是说成功不需要智慧和汗水，成功从来都是以平时脚踏实地的智力和体力的积累作为"后勤保障"的，没有这种积累，再高明的策划也无济于事。然而，当我们的智慧和汗水支付到一定的程度，对成功起决定作用的却是一种心劲，一个创意、一种事业策略的选择了，所谓念头不过是心劲、创意和策略选择的同义语。

　　不断地强化自己开拓生命的念头，用所有的能量确保你的念头开花结果吧，生活没有免费的午餐，任何偶然的成功其实都包括在必然之中。

第五辑

心里热爱

追求快乐是本能，心里热爱是动机。每个人都有自己的王国。有的人大门开着，悠然独坐；有的人大门紧闭，里面亭台阁榭；有的人知道自己是王国的主人，有的人却被自己王国里的仆人奴役着。你的心热爱什么，你就去追求什么；你的心热爱什么，你就去做什么。随心地表达自己才是快乐的。

他知道数学有多美

崔修建

他出生在四川省的一个偏远的山区，交通落后，土地贫瘠，家里仅有的几亩薄田，连温饱都难以保证。

八十年代初，18岁的他参加了一次高考，却没能考上。他很想继续读书，但家徒四壁的窘境，让他放弃了求学之路，他成了一名农民，精心地侍弄那些庄稼，春种秋收，忙忙碌碌。再后来，他娶妻生子，像村里那些村民一样，过着波澜不惊的简单日子。

但不同的是，农闲时，别的农民打牌、喝酒、闲聊，他却捧起数学书，如饥似渴地研读着。他看书时随便抓过来的一截木棍，或者一块石片就是他的笔，而大地则是他最好的演草纸。那些不等式、方程式、几何图形，就像那些长势喜人的庄稼一样，在他的眼睛里不停地摇曳，如花一般在心头绽开。

有人说他着了魔，被数学勾去了魂儿，他嘿嘿地一笑，不作任何解释。

有人说他傻，说他一介农民，整天捉摸那些毫无用处的数学，简直不可理喻。他却淘到金子般地自言自语道："他们哪里知道，数学也有着迷人的美"。

九十年代，随着家里人口的增多，日子越来越艰难，他只得背起行囊外出打工。他种过花、制过砖、养过鸡、修过路、扛过包、卸过货……各种各样的苦活、累活、脏活，他都干过。经常一天工作十二三个小时，累得浑身酸疼。

可不管打工的日子多么艰难，只要有一点儿的空闲，他便捧起数学书，忘我地沉浸其中，将生活的艰辛和苦难全都抛在了脑后。许多打工者眼里毫无用处的数学，竟成了他生活不可或缺的一部分。

他如此地痴迷数学，误了不少农活，少赚了一些钱，妻子认为他不务正业，一气之下跟他离了婚。然而，他对数学始终痴情始终不曾改变。

他没有满足于在报刊上发表自己的研究成果，又把一摞摞手稿寄给了哈尔滨工业大学出版社的数学专家刘培杰。刘培杰在海量的来稿中，对他那些用破纸袋邮寄的手稿越读越惊讶，他的每一篇文稿，推演过程都十分缜密，论证逻辑非常严谨，结果完全正确。另外，他的文稿标题新颖生动，流露出浓厚的生活气息。显然，他是一个很有情趣的人，他对数学的热爱早已超越了功利。

很快，他的上百万字的手稿变成了铅字，他的《新编平面几何解题方法全书》等一经推出，便得到读者认可。

他就是著名的"农民数学家"——邓寿才。如今，他仍在紧张、忙碌的打工之余，痴迷于数学，他曾写过的一篇《数学赞》和一首《数学诗》，向人们传递这样由衷的感慨——

数学是美的，热爱是美的，只要痴迷地耕耘，就一定会收获甜美的果实。

为爱而歌

陌上花开

　　五百多年前，著名航海家、冒险家哥伦布第一次登上加勒比岛，便情不自禁地赞叹道："这是我亲眼所见的最美丽的地方！"著名的作家海明威生命中的三分之一时间也是在这块神奇而美丽的土地上度过的，他深情地称这里是"一个使人感觉像家一样的地方"。

　　1927年，在首都哈瓦那城东的一个小渔村柯希玛尔，一个男孩呱呱坠地，他的父亲是风里来浪里去的渔民，也是一名地道的民间歌手，喜欢演唱最具古巴本土特色的乡村音乐"颂"，那是当之无愧的"音乐琥珀"，它散发着美洲土著音乐风情，又汲取了西班牙的乐风，杂糅了非洲音乐的元素，呈现出非常迷人的"混血文化"色彩，非常原始、朴素。

　　很小时，他就喜欢坐在海边，望着蔚蓝的大海、白色的浪花、翩然的鸥群、穿梭的渔船，悠然地哼唱自己迷恋的乐曲。清苦的日子，因为那些陶醉的歌唱，变得美好了许多。

　　12岁那年，父亲猝然离去。一夜之间，家庭重担便落到了他稚嫩的肩头。他加入表兄弟组织的一个小乐队，晃动着沙锤，走街串巷地卖唱，用歌声乞讨一份饥饱难定的生活。

那些简陋、寒伧、肮脏的居民区，那些五分钱的小酒馆前，那些狭窄的小巷里都曾留下了他奔波演唱的身影。

他渐渐地长大了，酷爱音乐的他无师自通，不仅能够娴熟地弹奏只有三根弦的古巴吉他，还学会了演奏小号、萨克斯等乐器。他先后加入了好几个职业乐团，尝试了不同的组合，他喜欢自编自演，能够随时即兴演唱。

然而，他一直是一个默默无名的民间歌手，但这并没有影响他对音乐由衷的热爱，即使在囊中羞涩的日子里，他也没有停止过歌唱，而且他的歌里多是带有暖暖的爱意，偶尔有几缕忧伤，也是淡淡的，美得令人心醉。尽管他的手头始终拮据，但他却一直像一个富翁似的，脸上总是流露出迷人的笑容。

转眼间，他已是一位耄耋老人，他仍喜欢抽廉价的雪茄，品最廉价的酒，弹着吉他，欢快地唱那些使他一辈子迷恋的情歌。无论站在什么样的舞台上，无论观众多寡，每一次演唱，他都会深深地沉浸在那些音符当中，仿佛自己的灵魂，正在接受圣洁的沐浴。

1996年，英国独立唱片制作人罗伊·戈德将古巴上个世纪20至50年代的四代重要艺人同聚一堂，录制了后来风靡全球的唱片《哈瓦那记忆》，这张专辑获得了包括格莱美奖在内的无数世界音乐大奖，销售量近千万张，在世界乐坛掀起了一股巨大的古巴旋风。

就是在那一年，因偶尔地参与了《哈瓦那记忆》的录制，他高超的演唱功力才引起世人的关注，他得以一次次登上绚丽的舞台，接受闪光灯眩目的追逐。

当记者追问他在美国著名的卡内基音乐厅演唱与在古巴的狭小的酒馆里演唱有什么区别时，他一脸平静地回答："根本就没有什么区别，我心灵里的歌，流淌的都是爱。"

他就是被誉为古巴"情歌圣手"的著名音乐人伊布拉辛·菲列，一个差点儿被乐坛彻底忘却的激情歌者——在他70岁时，才被挖掘出来。

在国外的一场盛大的演唱会上，伊布拉辛·菲列高举着古巴国旗挥舞，情真意切地向观众们告白："我对音乐的热爱从未改变，我弹奏演唱的是世界上最好的音乐！"

没错，伊布拉辛·菲列近乎一生都是在贫困中度过的，但他绝对是一个无比富有的人，因为他一直都在为爱而歌唱，都在歌唱着心灵中奔涌不已的爱。

把热爱当作事业的“数学天才”

朱迎兵

　　2006年5月22日，第25届国际数学家大会在马德里举行，开幕式上颁发的菲尔兹奖格外引人瞩目，此奖四年一次，颁发对象为40岁以下的数学家，被誉为“数学界的诺贝尔奖”。当西班牙国王将金灿灿的奖章颁发给一个年轻人时，全场掌声雷动。那年轻人黑头发黄皮肤，外表随和俊朗，他就是31岁的澳籍华裔数学家陶哲轩。他也是此奖70年来最年轻的得主。

　　陶哲轩研究成果丰硕，如今是微分方程、调和分析、解析数论等领域的大师级高手。他知名的研究还包括质数。2004年陶哲轩证明了即使在无穷大的质数数列中，也能找到等差数列段。这项研究是他获得菲尔兹奖的主要原因。

　　陶哲轩获得如此大的成就让很多人以为他是一位苦坐书斋的数学家。可是事实并非如此。他还像一个孩子，喜欢打电子游戏，一打就是几小时。他博客上有一篇《量子力学与古墓丽影》的论文，其中一系列妙趣横生的类比是他从打游戏中获得的灵感。

　　陶哲轩喜欢摄影，他目前居住在阳光灿烂的南加利福尼亚，常在周末和家人郊游。一次，他的相机淋了雨，很多相片由于没有来得及传到电脑里便看不了了。他动用了数学家的思维，思考能否在丢失了大部分的数据后，运用运算法则，去重建原始图像。为此他投入了大量的精力研究，并完成了几篇论文。这就是压缩感知研究。由于陶哲轩介入，压缩感知已经成为应用数学里最热门的研究课题之一。

陶哲轩最想做的事情不是呆在研究室里，而是将数学在普通人中推广。他的计划中有一项是教那些非数学家如何数学性地思维，"这对日常生活大有用处，譬如算一算怎样抵押贷款更划算，我相信可以教会所有人。"他还说有很多人以为数学是穷人、卑微者主攻的学科，其实它同样能制造百万富翁和亿万富翁。"在美国，许多数学家通过运用数学赚到了大钱并赢得人们的尊重，Google的创始人就是数学博士，他们设计了一套数学运算法则来搜索网页，然后成了亿万富翁。"

陶哲轩喜欢与人交流，他是一个好的倾听者，善于向别人学习，他同时也擅长向别人清楚地解释自己的想法。他在工作中从来和别人争执过，他想的都是怎么开开心心地和别人合作，而不是互相指责，争权夺利。他觉得如果中国的数学家多一些合作，少一些争执，中国的数学将会有更快的发展。

13岁时，陶哲轩曾参加过国际数学奥林匹克竞赛，获得金牌。他说，数学研究和奥数所需的环境不一样，奥数就像是在可以预知的条件下进行的短跑比赛，而数学研究则是在现实生活的不可预知条件下进行的一场马拉松，需要更多的耐心。在中国，有学生将奥数视为升入大学的一条捷径。陶哲轩认为，如果参加奥数比赛只是为了升入一所好的大学，那"这个目标太小了。"

与陶哲轩一起工作的人，都认为他在工作上所花的时间远远低于在其他方面花费的时间。陶哲轩也承认了这点，他常说："热爱就是我的工作。"

人生宛如在大海中航行，工作就是我们立足的航船，我们借助它在风浪里穿行，安稳地生活，对它多的是一份责任；而热爱，就是在枯燥的航海过程中，闪现的多彩的流云、绿意盎然的岛屿，供我们休憩身心，感受旅途的美好。陶哲轩把热爱当作了事业，那是一种大智慧，这样他面对工作是积极的，充满了趣味的，因此他的航船帆张得更满，力量也更大。

追梦是勇者的青春之歌

苏 洁

2012年7月的某天，广州大学华软学院大三学生余佳文在自己的出租屋内，为几位即将毕业的创业好伙伴开"庆祝会"，他想到日后再不能和他们一起奋斗了，心里非常难过！为了留下他们，他端起酒杯满怀壮志地说道："兄弟们，你们愿不愿意继续和我一起打拼？如果愿意，给我一年时间，我们一起努力好吗？"几个伙伴们异口同声："好，我们一起努力。"

余佳文出生在广州省一个不太富裕的家庭。高中时父母给他买了一台电脑，从此他热衷于计算机编程，并且利用课余时间自学。

功夫不负有心人，高二那年余佳文便做了一个高中生社交网站，并凭此收获了人生的"第一桶金"：100万。上了大学后，喜欢钻研的他为了做更多有趣的项目，于是在校对面租了一间小房子，然后找到了几个志同道合的小伙伴开始了第二次创业。

可是留住了创业团队和伙伴，开发什么产品好呢？没想到偶尔发生的一件小事激发了他的创业灵感。一天，他想去其他院系听课，可是不知道课程表。打听别人还比较麻烦，这时他头脑里萌生了一个念头，何不开发一款名为"超级课程表"APP？

软件做好之后，很多同学开始下载，竟然成为每天必玩的一款软件，这让他嗅到了无限商机。一天，他兴冲冲地拿去给学校老师看，没想到却碰到了钉子，老师只是看了一眼，就轻描淡写说道："这也没什么，就是一个课程表而已，能赚什么钱。"

尽管被老师泼了一盆凉水，但他不死心。他想既然有很多同学都特别喜欢，就说明很有市场，怎么能不赚钱呢？余佳文看准了"超级课程表"的发展潜力，索性建立广州周末网络科技有限公司，专心研发"超级课程表"。

为了寻求投资，他又通过新浪微博把所有天使投资人的名单搜罗一遍，然后一个一个给他们发信息，结果被40多家机构，几十个投资公司都拒绝了，没有一个人愿意投资他的这个项目。

难道就这样放弃吗？他当然不甘心，某天在一个创业沙龙上他遇到天使投资人朱波，他当然要抓住机会，于是拿出"超级课程表"的商业计划书，滔滔不绝地向朱波介绍了一番。朱波就这样被打动了。2012年8月他拿到第一笔天使投资50万元，接着他的"超级课程表"APP迅速地向广州各个高校开始推广。12月，他又得到360公司CEO周鸿祎对这个项目的青睐，获得几百万元天使投资。

一切似乎都顺风顺水，当有了第二笔天使投资后，"超级课程表"用户量很快升到了100万。但没过多久，钱花完了。

这时余佳文突然冒出融资的想法，2013年5月他参加了创业真人秀节目《爱拼才会赢》，希望融资300万美元。主持人李咏调侃问他："看你像麻杆似得，能背得动300万美元吗？"一百斤重的余佳文毫不犹豫地回答："背得动，我思想上背得动。"就是凭着这股干劲和闯劲，余佳文成功入围，成为首位全国五强，与薛蛮子签署投资意向书，最终融到人生第一笔千万元人民币的A轮投资。

有了钱就有了创业的底气，他和伙伴们士气高涨，不久后"超级课程表"已融合了国内近2000所高校的课程信息，用户已经超过了200万。

谁知就在"超级课程表"形势一片大好的情况下，命运的车轮会突然发生了巨大逆转，先是9月份由于开学新生用户暴增，"超级课程表"服务器发生了崩溃，用户为此怨声载道、骂声不绝。接近着，之前A轮投资的1000万也已经用完了。某天，余佳文突然接到了投资人打来的电话："我要撤资，我不投你了。"于是他的公司濒临破产了，不但一百多个员工的工资发不出来，而且还被物业追债，公司东西全被没收了。

也许正是应了那句话"屋漏偏逢连夜雨"，他又被医院诊断患上了淋巴癌，他顿时感觉到五雷轰顶，手握着诊断书眼泪簌簌地流了下来。他想到了很多，年迈的父母，未完成的创业，他觉得不能就这么去死，所以咬紧牙关，决心面对挑战，面对挫折。第一件事就是需要二十万重新创业，他把手机通讯录所有的电话都打了一遍，结果没有一个人愿意借他二十万，甚至连身边所有所谓的好朋友也没有人愿意借他。四面楚歌之际，没想到一个跟他关系最糟糕的朋友，毅然拿出了二十万借给了他。这让他感到既意外又很惊喜，真是天无绝人之路！

拿着这二十万，他找了一个非常破旧的场地，公司搬到了这里。为了公司能够起死回生，那段时间余佳文恨不得连觉都不睡。一方面他需要筹集资金，一方面需要跟投资人谈判，处理债务，还要去医院看病。

令人意想不到的是，两个月的时间里公司业绩竟然翻了足足两倍，这样的结果让投资人目瞪口呆了，说："余佳文你的公司简直太可怕了！"这时幸运之神也再次光顾了他，之前诊断患上的淋巴癌竟然是场误诊。那一刻他内心特别平静，他只对自己觉了一句话：余佳文，你真牛！

就是凭着这股干劲，之后他再去北京融资的时候，三天就拿到了投资意向书，2014年8月最终融到阿里巴巴第一笔千万美元的B轮投资。

此时"超级课程表"用户数已超过1000万，平均日活跃用户达200多万。除此之外，仅今年年初到六月份，超级课程表中就产生了高达17亿次的课程搜索行为，同时，该应用中的"下课聊"模块也已经成为目前国内最大的学生匿名社交平台。

2014年11月22日，余佳文在中国首档青春分享节目《青年中国说》中分享自己的青春创业故事。在节目中他霸气放言"明年发一亿利润给员工开心一下",被网友冠以"史上最霸道总裁",一夜之间,网络上流出的余佳文演讲一天之间阅读量近10万次,人气之高令人咋舌。

目前,超级课程表累计用户已超过3000万,并且每小时可新增1000个以上用户。"超级课程表"几乎成了大学生每日的必需品,成为仅次人人的第二社交平台。对于成功他这样总结道:"我是年轻的90后,但别拿90后说事,我就是把年轻枷锁去掉,勇敢追求梦想,因为追梦是勇者的青春之歌,当没有了枷锁,就会更有拼搏的冲劲!更有前进的勇气!"

一只鸟接着一只鸟

刘代领

她，出生在一个爱好读书的家庭，受父母的影响，从小也爱上了看书。

她是一个非常害羞、长相古怪、瘦如干柴的女孩，对阅读的喜爱胜过一切，之后也开始了写作。父亲是位作家，教导她每天写点儿东西，阅读各种经典作品。

因为长相古怪而备受嘲笑，她觉得很痛苦，所以她把自己沉浸在书中，因为书是她的避难所。有段时间，她认为自己能写出与其他作家同样出色的作品，相信自己有办法依靠一支笔创造奇迹。为此，她努力地读书、写作。

上大学时，她除了英文获得最高分，其他科目都不行。为了成为一名众人皆知的名作家，她19岁便辍学写作。她做过临时工、打字员，但都干得不称心，而作品也没有发表多少。她爱好写作，所以没有放弃。父亲告诉她，"就像练钢琴一样。事先排出时间。把它当成一种道义上必须偿还的债，并且要求自己一定写完。"

她靠教网球和帮人打扫住宅维持生活。连续两三年，她每天都会写一点儿东西，但主要写她的短篇小说《阿诺》。

这部呕心沥血之作最后却没有出版。

她没有放弃，大部分是基于父亲对她的信心。然而在她23岁时，医生诊断出父亲得了脑癌。此时的她想把父亲的故事写出来，父亲也同意了，并对她说："你写下你所知的部分，我也会写我的部分。"

于是，她开始动笔写下父亲将要面对的状况，然后开始将这些文字整理、修改成几篇相关联的短篇故事。她把发现父亲检查出癌症前一年内写的所有小片段集合起来，改变成五个连贯的篇章。虚弱得无法动笔写的父亲看了之后相当赞赏，并要求她将文章寄给他们的经纪人。寄出后，却久久等不到回信。

她又将稿子寄给纽约好几家出版社，后来获得一家出版公司的采用，于是出书过程就此展开。这本书在她26岁，父亲去世一年后出版。书出版了，她终于梦想成真。

由于写作，她有了一份在写作班任教的机会，于是她便一直在教写作。她就是美国古根汉学术奖得主安·拉莫特。安·拉莫特有多部著作，其中《关于写作》一书自1994年出版以来，蝉联Amazon网络书店分类排行榜第一名长达十四年之久，成为畅销经典。

生活中有困难，没有什么好抱怨的，只要一步一个脚印地走，不断前进，就会走出一条长长的路，不仅可以领略到沿途美丽的风景，还可以一步步地靠近自己的目标。

种瓜不为得瓜，为的是看花

诗路花雨

　　去书店，那么多的书看得我头晕，就像皇帝在三万佳丽里挑选心仪的美人，一边辛苦挑书一边纳闷：这么多的书，有多少人看呢？偏偏我又刚刚签了一本来写——既然没有人看，我还写什么？

　　偏偏在这关键时刻，一个老先生又兜头给我浇下一瓢雪水。他直言不讳地说希望我立志高远，写出传世之作，不要文字写了许多，能给人留下印象的很少。玛格丽特·米切尔凭一本《乱世佳人》传世，马尔克斯凭一本《百年孤独》传世，路遥即使别的作品都没有，他的《平凡的世界》也足以让他传世。我呢，我拿什么传世？

　　一句话说得我神昏气丧，写什么都觉无意义，干脆逛街、泡吧、上网、看电视。可是人不累，心长草，我过不来这样的生活。往常熬夜写作，字字都有我的心血，字字都从我的心苗上所发，忙极累极，却像饱吃了一顿山珍海味。黛玉说宝玉"我是为的我的心"。宝玉说她"难道你只知你的心，不知我的心？"我的文字和我的心就是这样的彼此相知。那个时候心净无念，哪里还想得到后世不后世的事。

就像39岁的博比，原是法国妇女周刊《她》的主编，事业做得风生水起，生活过得有滋有味。却因为一根血管破裂，搞得肢体和器官都不能动弹，变成一个"活死人"。要命的是，虽然被囚三尺病榻，智力却完好无损。一个人变成一只茧，僵硬的壳封住一颗勃勃跳动的心。看得见，说不出来；听得懂，表达不出来，全身能动的就只剩一个左眼皮，除了能张能合，它还能干什么？

可是一位语音女医生无意间发现他有交流的渴望，便尝试着在他眼前举起字母牌，他就用左眼皮的眨动，一个字母一个字母地选，一个词语一个词语地拼凑，就这样，居然一行一行地"写"起书来。最后，自传体的长篇小说《潜水铜人与蝴蝶》问世。铜人被幽暗的水体关锁，不能说话，却有着精铜般的意志，而在铜人的一层坚硬甲壳里，藏着的是思想那轻盈起舞的蝴蝶。

一书完成，博比安静去世，没有一丝遗憾。他凭着左眼唯一会动的睫毛"眨"出来的文字，完成了自己最后的人生传奇。我相信，他在千千万万次眨动左眼的时候，并没想着让全世界都知道博比是谁，他只不过想要"说话"而已，这是他辛劳而最感惬意的生命方式——必须如此，不得不如此。

曹雪芹也未必想过要流传后世，举家食粥也罢，赊酒来喝也罢，那种有关"披阅十载，增删五次"的辛苦写作的表达，其实从很大程度上是写给别人看的。一边向别人叫苦，一边偷偷藏起来一种感觉，那就是他从写作中得到的足够躲避尘世的愉悦。

一个乡土作家说过一句话："我迷恋生活的过程，于是常常在中途停下来四处看看，也随手捕捉一些风与影。我知道，只要我的手一松，它们就会烟消云散……"正因为怕它们烟消云散，世人才选择了各种各样的储存路径和表达方式，用手、用口、用纸、用笔、用眼、用心。一种方式就是一条路，条条道路都通向渺不可知的未来。

说起来，一个人走上一条路，既是他选择了路，也是路选择了他。前途荒荒，大风大雨，走到哪里不知道，有路无路也不知道，反正就是要一步一步走下去。间或风停雨歇，花叶水迹犹湿，小鸟唱出明丽的曲子，这一时半会儿的心旷神怡，就权作给自己半世辛劳的酬谢，哪里会想得到遥远的后世。

世上事本就如此，就算你耕田、播种、施肥、浇水，晴天一身土，雨天一身泥，种出一只只西瓜，也挡不住虫咬鼠患，雪压风欺，一场雹子下来，就砸得藤断瓜碎，根本无法注定一个果实累累的结局。倒不如忙时且忙，闲时安坐田园，清茶一杯，看郁郁黄花，蝶舞蜂飞，自是人间一快。谁说种瓜就一定要得瓜？我种瓜，为的是看花。

整小窗，挖池塘

旭日晨辉

　　这段时间很累。

　　五更起，半夜睡，白天上班，晚上写作。腰椎有病，直不起腰，像罗锅老头，踉跄着走路；颈椎有病，一扭头咔咔响，像玩具兵。长期伏案工作，后背肌肉紧张，四肢百骸都压得慌，像背了一个大壳。尾椎也有病，疼得坐不稳，只敢半边儿身子贴凳。

　　刚买房，要还债；爹也病，娘也病。买药、看病、输液、打针、出医院，进医院——我不来管谁来管，我不心疼谁心疼。偏偏老公刚下海，尚无业绩，偌大一个家，全靠我一个人。

　　一急一恼，我就给自己起了个外号："一肩扛二猴"。我脑后和左肩上各长一瘊，按民间迷信说法，这是我的负担，前世的业，今生需要偿清。

　　可是我扛的哪里是两只"猴"。我是一只骆驼身上一群"猴"。

　　难得一个人出来逛街，不说话，神游天外，感觉到重病缠身的人短暂昏迷时那种极轻松的愉快。可惜这是清醒后才感觉出来的，一经察觉马上成为过去时态。那阵耀眼的轻松就像自己成了长着翅膀的天使，越发衬得眼前回过味来的现实沉重不堪。

直到有一天，朋友在医院病床上来电。他是高级知识分子，为了做学问，老婆跟自己离了婚。为了做学问，一头浓密的秀发脱得几乎一根不剩；为了做学问，还得了神经衰弱和胃溃疡的病。本来就起得比鸡早，睡得比狗晚，结果领导又交给他一项科研任务。三十七岁，男人的黄金年龄，他在工作台上突发脑溢血，现在还躺在医院，差一点儿就告别人间。

原来这个光鲜亮丽的世界上，这么多光鲜亮丽的人都包裹着一颗拼命挣扎的心。没有谁真正潇洒，大家都不轻松。

和文友李开周说话，他说他十年后的生活理想是这样的：闲坐小窗读周易，青草池塘独听蛙。

"干嘛不现在这样呢？"

"现在？我要整小窗、买周易、挖池塘、养青蛙。"

我之所以卯足了劲地拼命，岂不也是因为想着五十岁之后，能过上这样的好光景？从贫困年代过来的人，大都不会及时行乐，只晓得攒钱、攒房子、攒幸福，可惜就是不能攒光阴。

漫说人生无常，长度不由自己决定，就算真能活到七八十岁，也是老病相连。拿年青的身子去拼搏，拿年老的身子去享受，脑子也不灵了、味蕾也不灵了、鼻子也不灵了、腿脚也不灵了，未来的幸福真能如约驾临？

有人好心，劝我多写些时下流行的情爱文字，拿它换钱养老。可是，一写这些我就有要吐血的感觉。我老了，人与心俱老，生命的意义像个大问号挂在天空，那种花团锦簇的卿卿我我就显得过于纤薄。让不再信仰情爱的人写情爱，就如纸上栽刺，一边写一边如芒在背，恨不得长出一百张嘴，向人分辩说我没写过这种东西。

倒不如一边整小窗，一边倚小窗。一边买周易，一边读周易。一边挖池塘，一边赏池塘。一边养青蛙，一边听蛙叫。想写什么写什么，累并快乐着。

影星维尔·史密斯批评时下一些年轻人的生活方式：许多人花没挣到的钱，买自己不想要的东西，向不喜欢的人炫耀。我的目标是：花能挣到的钱，还花一半，留一半；买自己想要的东西，还买一半，留一半；向喜欢的人炫耀，还一半炫耀，一半藏起来给自己看。如花半开，人露半面，苦一半，乐一半。

纸上种花，乐在当下。

像农民，像米勒

西　风

　　19世纪的法国，现实主义画家柯罗、罗梭、米勒、杜普列、狄亚兹、杜比尼……大都曾在巴黎近郊枫丹白露森林的小村庄巴比松里描绘法国普通的农村景色，在日常生活中发现审美价值，这就是有名的"巴比松"画派。

　　但是，当画家米勒在1849年搬到这里的时候，巴比松还只是法国的一个偏僻的小乡村，没有学校、没有教堂、没有邮局，一片荒凉。米勒带着一大家子住在巴比松大森林旁边一个谷仓里，每天作画、种地。他在这里生活了27年，到死都没有摆脱贫寒，没钱买画布，寒冷的冬天只能拾柴取暖。

　　贫困曾让他想自杀，但最终意识到这是个荒唐的念头。他是个慈父，称孩子们为"我的小蛤蟆"。当他亲密的朋友、哲学家卢梭给孩子们带来一些糖果，"小蛤蟆"们狂喜地跺脚尖叫，卷发披肩的米勒见此情景谦逊而感激地笑了。这就是米勒，"庄稼汉的但丁，乡巴佬的米开朗基罗"。

　　这一切都在他的画里得到完美体现。《晚钟》里，日暮余辉笼罩，远方教堂依稀可见，里面传来做晚祷的钟声，一对农民夫妇在田间默默祈祷。《簸麦者》里昏暗的农舍，一位衣衫褴褛的农民使劲儿摇晃盛满麦粒的簸箕，四周弥漫着金黄色的尘埃。《拾穗者》那收割后的麦田，三位农妇在金黄色的夕照下觅拾麦穗，她们的身影具有雕塑般的庄重感，不再是这个世界卑微的附属品，而是独立的主人，她们拾穗的形象更成为人类生存内在涵义的象征。虽然米勒笔下的人物都是穷苦农民，但他们都带着英雄式的尊严，显示着对生活的尊重与虔敬。

他和梵高不同。梵高是一束明亮的，带有浓重的神经质的火焰。有了一点小钱，就一杯接一杯地喝苦艾酒，一支接一支吸劣质烟，在阳光灼人的正午画令人炫目的向日葵，一天画十几个小时，直到把自己搞得崩溃。米勒却像一束缕烛火、温暖、平和，在无边的暗夜里静静燃烧自己，烛照世界。

可是，谁也想不到，他其实和梵高一样痛苦。

米勒童年时，一次和双亲在教堂做礼拜，一名浑身湿透的水手闯进去，说帆船触礁失事。人们来到海岸，见到桅杆和人在浪里忽上忽下，传出绝望的呼喊。村里的男女老少跪在崖上祈祷，那苦楚而又无望的面容啊，还有格律希海岸的，像鞭子一样抽打他们的风，使米勒一辈子也忘不了这个场面。因而，当青年米勒第一次到罗浮宫时，深深吸引他的是米开朗基罗痛苦而壮观的雕像。批评家称米勒在此"找到了灵魂的嘴，喂之以痛苦，滋生出美"。的确这样。当他坐在林间企图享受一点儿宁静的时候，背柴的农夫由小径蹒跚而来，米勒的泪水随之淌下。

但是，他所经历的所有美和痛，最终都化作心里的安宁与平和，就如他自己所说："生活中快乐的一面从不在我眼前展现过。我所知道最快乐的事，是平静与沉默。"

上帝把贫困压在米勒肩上，把痛苦种在他的心里，他却以贫困和痛苦作养料，种出枝繁叶茂的树，结出甘香甜美的果，这一颗是《晚钟》，那一颗是《簸麦者》；这一颗是《播种》，那一颗是《拾穗者》。是的，就算整个世界都对自己不公正，我们也可以像农民，像米勒，以一种有尊严的态度，不去抱怨，努力工作。

永远不要觉得自己老了

瘦尽灯花

四代同堂，人声喧嚷，儿女、孙儿女、重孙儿女，聚在一起共贺姥姥80大寿。祝不完的长命百岁，万寿无疆。欢乐则无人不醉，唯有一人最清醒，就是高居正中，鬓发如银的老人。设身处地替她想，一屋子男男女女，都有一个大好前程可奔，唯有她自己身心俱衰，犹如风吹烛焰，摇摇晃晃，心里哪能没有一丝悲凉。

而且，我知道她还有一桩大遗憾。

大约十年前，姥姥就跟我们一起住。那时她已经七十岁了，虽然鬓发花白，却体健神朗。她特别羡慕那些拿着书本的人，因为自己不认字，对识字的人有一种本能的羡慕与敬仰。

我半开玩笑地说："姥姥，我教你认字吧。一天认一个，十年也能读书了，管保比他们读得好！"她笑："别跟姥姥闹了，十年！姥姥今年都70了。今晚脱鞋上了炕，明儿就不知能不能穿得上。还认什么字！"

我不听，随手拿过一张报纸教她念："今天，本地，大风，降温。"她推辞不过，也跟着断断续续念，还说："天字我认得……"

此后一连几天，我一回家就教她。可惜人老了，脑力不够，三天才学了一个"今天"，她说太难了，不学了。我也没有再坚持。

没想到十年也不过弹指一挥间，80岁的姥姥依旧神智清醒，眼目明亮，却也依旧只认得一个"今天"。每天一下班就看见她手里拿着一张报纸，还是颠倒的，在那里默默地浏览。一碰到"今天"她就情不自禁地念，喜不自胜，大有"我会认字"的自豪感。这两个字还起方向盘的作用，一见到这两个字头朝下，姥姥就知道报纸拿颠倒了，赶紧翻过来。

我后悔，姥姥更后悔："唉！我70岁那会儿年轻的时候，真该跟你学认字，到现在就能读报纸了。"

我吃了一惊。姥姥在说"年轻"——"年轻"到底是一个什么样的概念？

一直以为70岁已经衰老，原来相对于80岁的老人，仍旧是无可挽回的年轻。就像我已经35岁，自觉走过沧海桑田，但是对于姥姥而言，35岁又是多么苍翠而茂盛的年纪。

我整天都在哀叹时光一去不复返，遗憾镜中容颜不再娇美。岁月一寸寸过去，却没有想到自己的年轻正在进行中。"现在"的每一天都比将来年轻，如同一串葡萄，每次吃的都是最小的一粒，希望永远在后面。只要自己愿意，任何时候都是年轻。只要肯把眼光往后看，任何时候都能让生命来一场狂欢。

对于一个80岁的老人而言，70岁时的轻易放手都会让她遗憾，那么，正当盛年的无聊哀叹，在暮年将至，将有多么排山倒海的悔恨？

印度近代大学者毛鲁纳·阿里·唐维就是一个范例。他的一生无比丰富多彩：开办了伊斯兰学校，培养了许多代穆斯林人才；夜以继日地编教材和写书，从启蒙课本到伊斯兰百科全书大辞典，他的书翻印了数千万册，在全世界广泛流传；他还每天回复四面八方的来信，从不让远方的年轻人失望。

他的一生过得如此紧密而圆满。人们问他为什么会成就斐然，他的回答十分简单："永远不要觉得自己是老了，永远珍惜宝贵的时间。"

拉响热爱的琴弦

崔修建

一位年轻人向著名的励志大师戴尔·卡耐基请教：身在职场，怎样才能获得更大的成功？如何赢得人们的敬重？对此，卡耐基没有给出直接的答案，而是讲了下面这个故事。

玻利是一位职业乞讨者，每天出门前，他都会精心地整理一下衣服，把旧皮鞋擦得干干净净，还要对着镜子仔细地梳理一下头发。然后，才拿着那把祖父流传下来的已有些破损的小提琴，很精神地出现在纽约市中心的人行道旁。

坐在一个简易的小凳子上的他像一个颇具风度的街头艺术家，微眯着眼睛，很陶醉地拉着一首又一首的各国名曲。无论眼前是否有人经过，无论是否有人留意，玻利始终一丝不苟地拉着小提琴，仿佛已经完全沉浸到了那些飘动的音符中，忘却了自己是一个乞讨者，他毫不在意眼前那个接纳爱意和善念的小纸盒。似乎他并不需要人们的捐助，只要能够尽情地演奏，便是最大的幸福了。

那天，天空中飘起了细细的雨丝，玻利移到了一个廊柱边，继续他的倾情演奏。卡耐基在他身旁经过时，不由自主地停下来，对他的技艺微微颔首。

"先生，可以演奏一曲舒伯特的《小夜曲》么？"一曲终了，卡耐基问他。

"当然可以。"他随即调好音调，很投入地演奏起来。

很快，周围的掌声接连不断地响起，他的兴致更高了，又演奏了更有难度的乐曲。

"很好！你有这么好的演奏水平，为何不去一个演奏团队呢？"卡耐基有一点儿困惑。

"我的这个职业不好吗？"玻利微笑着。

"我是说你完全可以到那里施展你的才华。"卡耐基解释道。

"我认为，在这里更好一些，谁都可以做我的听众，谁都可以免费听我的演奏。更重要的是，我可以因此知道我的演奏有多么重要。"玻利对自己的选择相当满意。

"我是说，你在这样的场合……"卡耐基欲直言不讳。

"哦，你是说我不应该做一个乞讨者？的确，我需要大家的帮助，但我不是在乞求，而是在交流。"玻利一脸的平静。

"交流？"卡耐基对他的新见有些惊讶。

"是的，我在与过路的人们分享美妙的音乐，我在表达我的热爱之情，也在感受大家的热爱之情，乐曲是我们最好的交流语言，这样的交流不是很棒吗？"玻利甚至有些得意了。

"的确是不错的想法，你绝非单单为了交流才做这样选择吧？"卡耐基开始有些敬佩他了。

"当然，我这样选择的主要原因只有一个，那就是——热爱。"玻利扬了扬手中那宝贝似的小提琴。

"很好，因为热爱。"卡耐基恍然大悟。

"对，因为热爱，无论阳光是否明媚，无论生活是否如愿，我都会愉悦地面对，都会拉响琴弦，会让快乐的音符围着自己跳舞。"说着，玻利继续他的忘情演奏。

玻利并不避讳自己是一个乞讨者，可是他以自己独特的言行举止，展示给众人的却更像一个真正的奉献者。因为在他那里，人们更多的看到的是热爱、认真、执著等优秀的品质。他让人们坚信：无论何时何地，都不能从心中掏走那个美好的词汇——热爱。

他一生扎实地活过了

吕 麦

1965年，一位90岁的老人说："上帝啊！应当走的路我走过了，尽力了，我一生扎实的活过了。"之后，便停止了呼吸。

他就是1952年迄今为止最没有争议、最令人欣慰的诺贝尔和平奖得主之——阿尔贝特·史怀哲博士。

阿尔贝特·史怀哲年幼时被一个非洲人的人头雕像所震撼，"他脸上那忧伤而若有所思的神情，好像是在和我诉说黑暗大陆的悲痛。"这让他从心底萌生了要帮助那些受苦难的人的想法。

史怀哲聪明好学，年轻时就已在音乐、宗教与哲学方面展现出他出众的才华。二十五岁就成为神学和哲学博士，还是一位非常优秀的风琴演奏家，在当时拥有许多乐迷。

虽然，史怀哲多才多艺且发展顺利，但他心中一直念念不忘要帮助苦难人的想法。

二十九岁时，他读到一篇有关非洲大陆极需医疗援助的文章后，毅然放弃了蒸蒸日上的学术地位和演奏生涯，考入了医学院。历经九年的学习，获得医学博士学位后，于1913

年和志同道合的伴侣海伦远赴西非加蓬的兰巴雷内，在原始森林边的奥顾河畔建立了"史怀哲医院"。

在非洲的第一年，史怀哲面对的人类苦难和内心的煎熬几乎退却。那么多的饥饿、疾病、瘟疫；那么多自然与人为的灾难，使整个非洲大陆几乎看不到一丝光明。

一天下午，他心情沉闷地在医院附近的空野上散步。就在夕阳穿过树叶，洒下一地金色碎影的时候，他看到两个黑人孩子绽放着笑靥，在跳舞嬉戏，全然不知周遭的悲苦与不幸随时会吞噬他们。

那一刻，史怀哲的心灵被深深震撼了。原来，人只要心灵轻盈，在任何时候都可以是自由、快乐和幸福的。这情景仿佛是一个从天而降的昭示，使这位忧心忡忡的医生一下子平静下来。"我把那个黄昏的记忆藏在心中，每当感到沮丧时，我便会想起那一时刻的喜悦，这使我全身舒畅，能够继续向前走去。"

他调整好自己的心态，从眼下做起，从"一个"做起。"我们常常会因为自己所能做的是那么少而感到沮丧，然而我试着控制这种感觉，心中只想着当时医治的那个病人。我训练自己想着要医好他，然后我才能继续医治下一个，我觉得这样总比牵挂着非洲所有的病人有效。有时候，为了保持理智，你必须实际点儿。"

为了给贫困的人们筹募医疗资金、生活必需品，他还经常奔波于欧洲各大城市，举办风琴演奏会……当78岁的他，在奥斯陆接受了诺贝尔和平奖之后，毫无保留地把全部奖金连带演讲、演奏所得，全都用于建造兰巴雷内的麻风病院。

漫长的50年，他把无限的爱心和善良带给了他们——非洲那些穷人中的穷人：麻风病人、被遗弃的人、没人关怀的人、垂死的人，使他们被那美丽的光芒所温暖和照亮。

爱心似海，世人为之动容，他这个纯正血统的白人，被称为"非洲之子"。爱因斯坦专门写过一篇叫《质朴的伟大》的文章，文中曾说："像阿尔贝特·史怀哲这样理想地集善和对美的渴望于一身的人，我几乎还没有发现过。"

是的。他深知我们生活在一个光明与黑暗并存的世界里，因而他用半个世纪的的时间来邀请我们，邀请我们选择光明。他说："善是保持生命、促进生命，使可发展的生命实现其最高的价值。"

花时间和善对人，花时间工作，那是通往快乐之路，那是成功的代价。他做到了。所以，他扎实地活过了。

做一朵为自己绽放的春花

李红都

那一段时间，他很烦。每天早上，一睁眼，他就开始紧张地思考去什么地方推销才有希望完成当天的销售任务。

城里令人眼花缭乱的商厦多得数都数不清，随便走进一个商厦，都可以找到像他们公司生产的那种大众化的电子产品，想说服城里人将目光从商场移出，掏钱购买他们那个连商厦柜台都租不起的小公司的产品，谈何容易？

想来想去，他想到了郊区和乡村，或许，因为价廉，那里的人会对他推销的这些手机感些兴趣吧？

他骑着摩托车开始跑乡村，挖掘市场。

那天，正站在村口推销手机的时候，前一天咨询过他的那位戴眼镜的中年男人又来了，这次那人不再光挑不买，而是很果断地买下了一款智能手机。

终于有了客源！他心里一阵狂喜。他不由的对这位衣着朴实的中年人心生好感。

"大哥，看你也像读书人，在哪儿高就呢？"他好奇地问。

"我就在附近种香菇。"中年男人向对面一排搭着塑料大棚的田地指去，"不忙的时候，喜欢舞文弄墨。"

中年男人的坦爽增加了他的好感，反正生意冷清，闲着也是闲着，他们便聊了起来。

闲聊中，知道这位大哥也是大学毕业，在城里打拼了多年，身心疲惫。于是重返家乡，以养植香菇为生。日子虽说不如城里的白领滋润，倒也悠闲自得，让他感到找到了自我。

"看到路边的迎春花了吧？你看，这乡野的土地上，有很多这样的花，不管别人是否注意，它们都自得其乐地绽放着。土地的贫瘠，人烟的稀少，这些都不会影响它们的开放。它们知道，开花本来就不是给别人看的，只是为了绽放内心对生活的爱。"

"开花不是给别人看的，只是为了绽放内心对生活的爱。"充满诗意的话令他怦然心动。

凭心而论，他并不喜欢做销售。堂堂大学毕业生，在校还当过四年文学社的副主编，如今却混得这么惨——挂着"销售经理"的虚名，干的却是走街串户小贩的营生，心里未免有些凄然。如果不是为了生活，如果不是留恋"经理"这个空头衔的虚荣心作怪，他是不会选择做销售的。

回去后，他彻夜难眠地想了很久，最后决定辞去这份并不喜欢的销售工作。曾经那个作家梦如春花从心底悄然绽放，他有了一种为梦想拼搏的激情。

他制订下一份写作计划："每天写5000字；每天到体育场慢跑15圈；每三天读一本书；晚上十点前休息……"扔下笔，他像个将军似的挺起了胸。

但是，不到半个月，他就感到精力不济，快坚持不下去了。

毕竟写作不是单纯的打字，没有灵感的时候，呆坐在电脑桌前，思想跟冻僵了似的，什么也写不出来。而且，稿费不仅低微，能否发表还没有定数，甚至还不如他推销手机时的收入……

那天，心情郁闷的他忽然生出一种冲动，想去看望那个种香菇的大哥。他骑上摩托车开往小山村。当他在大棚里找到那位大哥时，大哥衣服上沾着不少锯末，正蹲在大棚边忙活儿。

知道他的心事后，种香菇的大哥给他讲了个故事："有两个人都喜欢画画，但一个人觉得自己的水平不行，画的画也卖不了多少钱，他把时间用来赚钱，然后去买名画；另一个人也觉得自己水平不高，但他却肯花时间苦练画画本领。很多年后，第一个人靠倒卖名画，发了财，又购买了很多的画收藏或继续贩卖。第二个人虽然远不如第一个人有钱，但他却成了真正的画家，每天画自己想画的画，过自己喜欢的生活。你觉得哪个成功呢？"

他若有所悟。

回来后，他重新调整了写作计划，坚持读书，坚持写作，每天最少写够2千字，每月至少写够6万字。三个月后，他出了第一本书……

五年后，他的成了深受青少年喜爱的美文作家，用稿费过上了丰衣足食的生活。

那次，在向青少年读者讲述成功心得的时候，他深有感触地说："坚持，是成功者的品质。人，应该像山谷里的迎春花那样，静静地生长，不必活给别人看，要会为自己的梦想绽放美丽的花瓣。"

横穿英吉利海峡的方法

孙道荣

　　每天，都有数以千万计的人，来回穿梭在英吉利海峡的上空、水面和海底隧道，不过，这几天，横穿英吉利海峡的人群当中，数17岁的英国男孩爱德华最为抢眼，因为他既不是乘飞机，也不是坐轮船或者汽车，而是靠一快普通的冲浪板，采用花式滑水的方式，成功越过英吉利海峡的。他因此入选吉尼斯世界纪录，名称为"最快使用花式滑水越过英吉利海峡者"。

　　爱德华不是第一个用非常规的方式，成功横穿英吉利海峡的。事实上，数百年来，不断有人，用常人想都不敢想的怪异办法，穿越英吉利海峡。

　　有人是这样从空中飞越英吉利海峡的——

　　1785年1月7日，法国发明家和热气球飞行先驱让－皮埃尔·布兰查德和美国人约翰·杰弗里斯，第一次靠乘坐热气球成功飞越了英吉利海峡。法国国王路易十六因此奖励给了布兰查德一笔丰厚的养老金。

　　1979年6月12日，美国自行车健将布赖恩·艾伦，骑着一架"人力飞机"成功飞越了英吉利海峡。这架名叫"蝉翼信天翁"的人力飞机，它上面的两片大螺旋桨不是由发动机驱动，而是由飞行员像踩自行车一样靠脚力驱动。由于"飞行员"布赖恩的脚力有限，飞机的平均时速只有每小时18英里，距离海平面的平均高度只有1.5米，它几乎是贴着海面飞过去的。

这不算什么。2003年7月31日，奥地利"鸟人"菲利克斯·鲍加特纳先乘坐飞机抵达英国多佛港口上空9000米的高空，然后他跳出飞机，凭借身上穿的翼展1.8米的"飞行翼"展开滑翔飞向法国海岸。6分钟后，他飞到法国海滨城市加莱附近的高空时，打开降落伞安全降落，鲍加特纳也因此成了世界上第一个靠"飞行翼"飞越英吉利海峡的人。

这也不算什么，比"鸟人"鲍加特纳更牛的大有人在。2010年5月28日，美国37岁气球探险家乔纳森·特拉普效仿好莱坞动画片《飞屋环游记》中的情节，坐着一张系在一大堆氢气球下的办公椅，成功飞越了英吉利海峡，降落到了法国北部的一块菜田中。就在乔纳森·特拉普完成壮举两个月之后的7月31日，89岁的英国老翁汤姆·莱吉，威风凛凛地站在一架产于1940年代的特技飞机机翼上，飞越英吉利海峡。

除了不断翻着花样从空中飞越英吉利海峡，还有很多人尝试着用各种各样的方法，从水中横渡英吉利海峡——

1875年8月25日，英国男子马休·威伯在不借助任何人造物品的援助下，单靠游泳的方式，耗时21小时45分钟，成功游过英吉利海峡，成了历史上第一个游过英吉利海峡的人。2010年8月10日，64岁的澳大利亚妇女欧德翰游泳横越英吉利海峡，成为徒手游过英吉利海峡最年长的妇女。2001年7月30日，残疾人张健，实现横渡英吉利海峡的伟大壮举，并成为第一位只身横渡英吉利海峡的中国人。2005年8月23日，33岁的希拉里·李斯特，一位只能够摇动头、眼睛和嘴巴的残疾妇女，凭着严重的残疾之躯，创造了一个奇迹，仅靠"呼吸"就独自驾驶帆船成功闯过了英吉利海峡，创造四肢瘫痪者孤身一人航行距离的新纪录。2007年5月15日，英国喜剧演员蒂姆·菲茨希海姆竟乘坐一只浴缸，耗时9小时6分钟划过了波涛汹涌的英吉利海峡。

还有人试图这样横穿英吉利海峡：两名英国人，用羊粪造出了纸，然后，用这种纸做出了一个独木舟，并准备划着它，横渡英吉利海峡；一名荷兰人，用1500万个棒冰的棍子，做成了一条小船，他意欲驾驶它越过英吉利海峡……

还有什么方法可以穿越浩瀚的英吉利海峡吗？一定会有的，也一定会有人尝试着用出乎我们意料的方法，横穿英吉利海峡。长560公里，宽240公里的英吉利海峡，像一条袖子一样，将英伦三岛和欧洲大陆分割开来，千百年来，跨越英吉利海峡，成了一代又一代人的梦想。1994年5月6日，耗时七年之久的英吉利海峡隧道贯通，滔滔沧海变通途。如今，人们可以轻松地驾车一个小时，就从海底穿过英吉利海峡。不过，这并不能停止人们采用各种怪招，横穿英吉利海峡。因为，每一个试图依靠自己的智慧和力量，穿越英吉利海峡的人，都有一颗坚强、勇敢、探索、挑战以及飞翔的心。

凤凰传奇的成功秘诀

陈志宏

　　不远处的高楼里，传来清越且激昂的《月亮之上》，身旁一个穿开裆裤的小男孩奶声奶气地尖叫："凤凰传奇！"孩子的奶奶微微一笑，合着旋律，清清亮亮地唱了起来。我对当下流行乐关注甚少，和朋友K歌，唱的都是70后老歌，但和这个小屁孩一样，我也知道凤凰传奇，像老奶奶一样喜欢哼唱他们的歌。由此，不难发现凤凰传奇的普及率有多高！

　　凤凰传奇，火！为什么他们会火，成功秘诀是什么？

　　有人归结为，低调的奢华。凤凰传奇专注唱歌，不惹事生非，江湖上，只有歌声，少有传说。据说，这么多年，凤凰传奇只爆过一个"负面新闻"——某主办方说他们耍大牌，请吃饭不来，折人面子。在我看来，这一"负新闻"传递的却是正能量。他们这样做未尝不可，试想，和一帮熟的人围桌而食，听些没油没盐的段子，签些没有意义的名，有趣有意思吗？还不如自个儿吃一盘蛋炒饭呢。

　　两位歌者，为人低调，唱歌奢华，如此执着于演唱，心无旁骛，焉有不成功之理？这就是凤凰传奇的成功秘诀吗？非也。顶多只能算是成功的要素之一。人世间，低调做人，高调做事，大有人在，而登顶成功之人，却并不多。

探究凤凰传奇的成功秘诀，还得从他们的漫漫音乐之路中，去找寻答案。

杨魏玲花出生于内蒙古鄂尔多斯，是一名推销员。曾毅来自湖南益阳，搞电器修理。他们有幸在广州打工相识，因唱而成好友。他俩和另一个女孩一道，以"酷火MCG演唱组"的名义，登台献艺。在广州深圳一带跑场子，曾毅主唱，并教两个女孩跳舞，让她们配舞。不久，那个女孩不适应，走了，这个组合只剩下曾毅和杨魏玲花，改名为"凤凰传奇"，歌唱继续。

认识自我，重新定位，改变由此产生。杨魏玲花的歌声带着内蒙古大草原的奔放豪迈之气，又兼具温柔缠绵，有女版腾格尔的美誉，让人过耳难忘。他们紧紧扭住这一特点，一改男主唱女配舞的旧有模式，由杨魏玲花主唱，曾毅和音，配一些"哟哟""欧耶""我知道，我不知道"之类的RAP。作为老师的曾毅主动退到配角的位置，放大组合的特色。

2004年，著名音乐制作人何沐阳为凤凰传奇量身定做《月亮之上》，他们一曲惊艳观众，震惊歌坛。2005年，他们以一曲《月亮之上》参加CCTV选秀节目《星光大道》，主持人惊叹不已："第一感觉，这歌（要）火，一定火！"最终，凤凰传奇夺得年度总决赛的亚军。

凤凰传奇成了一对完美的音乐组合，《自由飞翔》《荷塘月色》《最炫民族风》等歌曲，迅速火遍大江南北。专业乐评人士给予他们很高的评价："汇聚中华民歌之精华，与时尚的国际流行音乐语言完美结合，开创最具动感的新派民歌风格。"凤凰传奇模式一变，特色鲜明，吸引力大增。著名音乐人钟新民评价玲花的嗓音："两岸三地，这是绝无仅有的女声……"

由此，让我们不难洞悉凤凰传奇的成功秘诀：特色。他们的特色：女主男配；杨魏玲花的大草原的狂野气息！

有特色，就有起色，有起色，才会有绝色！歌唱如此，世事莫不如此。对于有特产的地方，我记忆深刻，比如南丰县有蜜橘，安福县出火腿，安远县三百山是东江之源，遂川县出产狗牯脑茶，广昌县有"白莲之乡美誉"等等。我的老家东乡县，却流传着"东乡样样无，萝卜芋头薯"的顺口溜。萝卜芋头薯这三样，算是土产，但不属于特产，因为没有特色。

莫言获得诺贝尔文学奖，有人欢喜，有人埋怨。有人说，就水准而言，国内至少有十位作家不在莫言之下。有人打抱不平："为什么是莫言，而不是他或者她呢？"还不是因为莫言的小说有特色嘛！魔幻特色、民族特色、地域特色……特色，成就了莫言。

契诃夫说："新手永远靠独特的东西赢得社会的承认。"要让人家记住你，让社会认可你，就必须拿出独一无二的东西来，高举自己的特色牌。特色引路，登顶成功。成功的秘诀就是在凡俗的世界，看你是不是有点特别、有些特殊，是否有特点、有特色，是不是与一众人等相比，有奇特之处。独特的特，绝色的色，特色让人记忆深刻。

特色致胜，凤凰传奇是这么成功的。

要有做妖精的勇气

　　世间女子，但凡经历些事，后来，不是沦为了怨妇，便是修成了妖精。做怨妇，也许能赚来一把同情的眼珠，以及陪上的一点隔靴搔痒式的泪水，其实是很讨人嫌的。不如做妖精！

　　经过求学、求职、求嫁，女人到了三十以后，常有坐地要赖不起来的。比如，不那么爱学习了，不那么对工作上心了，甚至，不那么为悦己者精雕细琢自己的容颜了。人前，眼神空洞茫然，言语干涩粗俗，当年也是读过席慕容的情诗的，如今只是这样了。麻将整宿整宿地搓，却不舍得买好一点的眼霜，眼梢的褶子像田埂，笑起来，都能绊倒一头牛。不运动，腰上脂肪囤积，一圈圈箍在衫子底下，人丛里流窜，像卖走私轮胎的。整日人前絮叨着，男人如何寻欢作乐不肯早回家；整日里苍蝇似的，跟在男人屁股后面盯梢。把个怨妇演得有声有色，好不生动！为什么就不能反败为胜，化被动为主动呢！

　　想想书里的那些妖精，哪一个不是面如桃花，身似弱柳？蒲松龄笔下的小妖精能诗文，吴承恩笔下的女妖要枪弄棒的，云里雾里，连孙大圣都敢冒犯。传说里，那白娘子也法术无边，敢兴风作浪，写下好一段人间传奇。咱们呢？十八般武艺总得精一样吧！有多少恶习全弃了吧，待从头重拾旧山河。常弄弄脂粉，调调素琴，阅些书卷，考些证书，偶尔穿白色的运动服。容颜有了，风雅有了，活力有了，知性有了。做妖精的资格有了，何愁四方豪杰之士不来投奔石榴裙下！

做妖精，是要耐得住寂寞的。你没见，那些有名姓的妖精都是待在深山老林里的吗？她们在那里苦修法力，求仙问道。有几个妖精是成群结伴而行的？道行深的多半是一个人，自己是自己王国里的主角，纵还有几个伴在身边，也不过是充当杂碎角色的。金庸笔下的那些个守在古墓里、绝崖上的女子，都是妖精一样的女子，有姿质，有身手，四两拨千斤，扫江湖。可是似乎又志不在江湖，只在寂寞里自我修炼，以至登峰造极。

女人到了三十以后，容易寂寞。当年风采飞扬，青春逼人，那个他也整日情话绵绵在耳侧。如今，容颜像掉了色的棉织品衣物，无人光顾。那个他也忙着开拓事业的天地去了，无暇顾及后方。所以，这个年龄，像风里落花，忽然从繁华的高枝上跌下来，从此幽暗。真是寂寞。

其实，寂寞有寂寞的好。少年时没来得及实现的理想，这时候，趁无人打扰，心思清净，刚好可以专注地去完成。青年时没想透的人生玄妙、纠结在内心里的各种困惑，这时候也能坐下来平心静气地去悟了。寂寞中，生命一点点地厚重，心灵的空间也豁然有了一点寥廓。会爱平凡的事物，会以一份坚韧的毅力去上下求索。和张爱玲齐名的女作家苏青，就是在婚后的寂寞和不堪中，拿起了笔来写文字。由此，一个普通的家庭妇女，在烦琐的家务和心灵的孤独之外，生命有了不同于众人的极致之美。

而女人最该做的，就是《西游记》里的那个白骨精。如果我们不在那些人兮妖兮的大命题上探究，再去看白骨精，发现她其实是叫人生佩服心的。不是说三打白骨精吗？她为了吃到唐僧肉，实现自己长生不老的理想，在深山里谋划了多少年！为这个理想，她挨了孙大圣的三棒啊！我们平凡人的一生能受得起几次这样的打击？

也许，少年时的家境贫寒，青年时的婚姻受挫，中年时的事业卡在瓶颈，从此，许多人小半生再没挺起腰身。我欣赏的是，一个女人身上的风霜之美。一个中年女子经过知青下放，艰难回城，爱情婚姻里的悲欢离合，最后依然心态阳光，事业有所建树，这样的女子是叫人记得的。像那白骨精，一次遭打，重拾心情，换身行头再来。多少次的打击，都不能更改她对某个目标的认定。人生于世，需要这种百折不挠的求真求善的精神。

20世纪七八十年代出生的女子，人生的道路相对平坦些，一些苦恼也多半来自于爱情婚姻。和平年代的爱情先天里浸染着温室的娇嫩，常常不久长。于是哀叹，以至绝望，抱独身之志。其实每一次经历都是一次人生的历练，每一个和自己长长短短地相爱相处过的人，都是自己难得的一面镜子。

我愿意女人偶尔像白骨精一样，在爱情每一次得手的时候，吸取一下对方身上优秀的素质。他日纵然是散了，那人的精髓已经成了你身上的某种优秀，无疑，这是一次自我提升。许多时候，会因为曾经爱过一个绘画的人，让你走上了艺术的道路。会因为爱过一个不同民族的人，让你额外学会了另一种语言。

　　妖精一样的女人，就是能把爱过的人叠旧衣似的尘封心底，然后心底感念他给你的美好，再抬头出发，重新眺望远方的风景。

　　要有做妖精的勇气，要永远优秀、坚强、豁达。

他最开心的那一天
让人落泪

崔修建

二十年韶光流水般逝去，大学同窗再聚首，昔日羞涩的淑女较劲儿似的夸耀老公和儿女的优秀，当年自卑的男生则在高谈阔论各自行走于社会江湖的骄傲。

聚会组织者抛出一个话题——毕业后最开心的那一天，每个同学都向大家讲述了自己最开心的那一天：有评上高级教师的那一天，有当上处长的那一天，有移居美国的那一天，有彩票中大奖的那一天，有双胞胎考上大学的那一天……林林总总的"毕业后最开心的那一天"，令每个人的脸上都溢满了幸福。

最震撼人心的，也让人不禁泪光闪烁的，却是当年的"校园诗人"潘岳讲述的自己毕业后最开心的那一天——

　　大家都知道，我一毕业就去了那个偏远的矿区小镇，当了一名语文老师。那所学校办学条件特别差，连一个简陋的图书馆都没有。我刚去报到时，也萌生过要离开的念头，可一登上讲台，面对那一双双充满渴求的目光时，我便猛然意识到：自己是那么卑微，又那么重要。

于是，我决定留下来，努力去做一名让学生喜欢的好老师。我没有满足于把课讲好，把班主任工作做好，我还想给学生们建一个图书室。有了这个想法后，我便开始行动了。因为买不起新书，我就骑着那辆二手自行车，每个周末都走街串巷去收购别人淘汰的旧书。几个月下来，我把学校附近的几个村镇都跑遍了，收购了300多本书，也花掉了我两个月的工资。

学校腾出了一间教室，专门存放我收购来的图书，还安排了一位教工做专职的图书管理员。看到学生们兴奋地翻阅着我收购来的书籍，我那些奔走日子里所受的苦、遭的罪，全都烟消云散了，心里像灌了蜜一样甜。

那天，我乘公交车去了更远的县城，期望能收购到更多的书籍。但转了整整一天，并没有令我欣喜的收获。我没有灰心，找了一个10元钱一宿的个体旅店住下，准备第二天再去碰碰运气。

晚上无意的闲聊时，旅店老板得知我是一个老师，正四处奔跑着为学生买旧书，他向我透露了一个让我睡意全无的好信息——县城里有一家大化工厂倒闭半年多了，那个工厂原来有一个不小的图书室，有上万册的图书，以前淘汰过一些，也丢失过一些，听说还有一些没处理掉的。

第二天一大早，我就急匆匆赶到那个倒闭的化工厂，两个留守看护厂房的人，听了我的来意，告诉我说，那些书好像领导已答应卖给一家废品收购站了，并谈好了价钱。我急切地请求他们让我先筛选一些，我可以多给他们一些钱。他们打电话跟领导请示了一下，同意让我先挑选，但我得再多加100元钱。

　　走进那个布满灰尘的图书室，我的眼睛都亮了，那里面真有不少好书啊，有的还是新买的，都没有拆封呢。我一排排地搜寻着，把我认为适合学生阅读的，全都堆放到一起。从早上一直忙到下午三点多，我兴奋地看着挑选出来的足足有两千册的书，全然忘却了饥饿和口渴。交款时，我发现兜里带的钱不够了，便打电话向住在县城里的同学求援。拿到钱，我又租了一台敞篷的农用四轮车往学校运送。为了省下搬运费，我一趟趟地把书从三楼搬下来装上车，累得我几乎都虚脱了。黄昏时分，我才把最后一捆书搬上车。

　　我费力地爬上拖挂车厢，躺在书堆上，饥肠开始咕咕地叫唤。这时，我才意识到自己已经一整天没有吃东西了。可是，看着那一车的书，我竟嘿嘿地笑了起来，仿佛捡到了大块的金子。

　　四轮车在公路上突突地跑着，疲惫不堪的我躺在那里，想着下个月开工资要先还给同学，再去购书恐怕要等两个月以后了，也好，自己可以好好休息一下。我想着想着，便开始打瞌睡了。

我正在迷迷糊糊之中，忽然听到司机惊慌地大喊着："快跳车！快跳车！"

我猛地睁开眼，发现行驶在那座老旧的公路大桥上的四轮车，正失控地七扭八拐地跳着舞，显然是车闸突然失灵了，司机已无法操控了。那一刻，我本能地用身子护住那一车的书，全然忘了失控的四轮车随时都会给我带来致命的危险。

司机又冲我喊了一声："快跳车！"他迅速地跳下了车，车头径直撞向了大桥护栏，随着护栏"咔嚓"的断裂声，车速也骤然减缓，但车头还是在惯性的带动下，冲破了护栏，摇晃着悬挂在大桥侧面，幸好后面的拖挂车厢被突起的一截钢筋卡住了，没有随之坠入桥去。大桥下面是湍急的河水，正翻着浪花不停地奔流着。要是拖挂车厢没被卡住，我和那一车书恐怕就都没命了。

我慢慢地爬下车来，看到坐在地上一脸煞白的司机，我才后怕地意识到刚才真的可谓是惊心动魄，我们两个人都命悬一线。司机惊愕地追问我："刚才一个劲儿地喊你，你为什么不跳车？是吓傻了吗？"

我心有余悸地说："我当时脑子里只有那些书了，已经忘了危险。"

司机很后怕地说："你真是一个书呆子，命重要，还是书重要啊？不过，也可能是你平素积善行德了，老天有眼，遇到这么大的危险，我们人和车居然都保住了。"

"真是幸运！真是幸运！"我连连慨叹，若是我们当中谁有个好歹，后果真不敢想象。

等救援的车将悬在桥侧的车头拉上来，把书拉回学校，已经是后半夜了。我瘫软地倚坐在宿舍床上，一口气吃下三大包方便面。

闻讯赶来的校长和老师们，听我轻描淡写地讲述了这一天的经过，都为我感到庆幸。的确，那一天，我弄到了那么多的书，又逃过了那一劫，真的是很幸运。

要说毕业后最开心的一天，我想就应该算是那一天了。

潘岳平静地讲完了自己最开心的那一天，掌声久久不息，同学们的眼睛都闪烁着晶莹的泪光。

好几个女生抹着眼泪，说潘岳你可把我们大家都吓坏了，以后再也不准你干那种傻事了，如果再需要书，你就跟同学们说，我们大家共同想办法。同学们也异口同声说：对，我们一起想办法。

潘岳又兴奋地告诉同学们，他所在的学校如今已被评为省级示范学校了，上面投资建了图书馆、语音室、微机室、实验室，早已经今非昔比了。看到学校一天天的变化，他每一天都很开心。

　　毕业二十周年聚会有很多令人难忘的话题，但潘岳讲给大家的"毕业后最开心的那一天"，在此后的许多同学相聚时，总会被情不自禁地提起。每一次提起，大家仍不免感慨唏嘘，为他那特别的一天，也为各自曾经精彩或平淡的日子。

诗人究竟能做什么

崔修建

几位成功人士在一起聚餐，一位投资商的诗人朋友碰巧来访，组织聚餐的官员客气地说，让他过来与大家认识一下吧。投资商见在座的都是熟人，也没推辞，让朋友打车过来。

在等待诗人到来的间隙，一位房地产大亨有些不屑地说："我从来不读诗歌，那些分行的现代诗歌，我一首也读不懂。"

一位银行高官笑嘻嘻地说："汤总，你能读懂房地产里面的大学问，就很了不起了，根本不需要读懂诗歌。"

众人也纷纷附和，说现在都进入什么时代了，发财致富才是硬道理，谁还会有闲工夫去琢磨那些缥缈无用的诗歌？虽说每个人内心里都有寻找诗意的渴望，但落实到行动上的却寥寥无几。

诗人姗姗来迟，大家相互寒暄了几句，继续刚才的话题。那位官员可能是想要活跃一下桌面上的气氛，他先在前面做了一些铺垫，说了一堆恭维诗人的话，说这年头还能坚持写诗，这种淡泊功利的追求，实在令人佩服，但他真的弄不明白，诗人除了能写写诗歌，究竟还能够做什么？

诗人朋友淡然地笑笑："也许你说得很对，诗人有很多事情都不能做。"

"就是的，我认为很多诗人都是精神病，就知道写一些不能赚钱的分行的文字。当然，我这里绝对不是指你啊。"一位服装经销商忽然意识到自己对面坐着的，正是一位诗人。

"没关系的，你也可以这么说我，但我要告诉你，你的认为是错误的。"诗人不卑不亢地回击道。

"那你说说，诗人能做什么？"经销商觉得自己的脸有些挂不住了。

诗人一进屋便闻到了满桌子的俗气，对于送到鼻子底下的挑战，他平静地答道："如果你真的想知道诗人能做什么，那么，我可以直截了当地告诉你，诗人是这个世界上的神。"

众人愕然，以为碰上了更为疯狂的诗人，纷纷把目光投向年轻的诗人。

诗人稍稍停顿了一下，开始娓娓道来："诗人能做你们所能做的所有工作，证券商、投资商、营销商、公务员、教师……当然，诗人做得最好的，就是悉心照料他的诗歌。"

"诗人能够在一片树叶上推敲阳光，能够在一滴露珠里发现春天，能够在一朵凋谢的花中看到不死的灵魂，能够看出一座山很情感很历史，能够看出一条小溪快乐的秘密，而很多平常的眼睛，只能看到那些东西的形状、颜色、大小等外在的东西。"

"诗人能够用最寻常的汉字，组合出让人怦然心动的句子，能够带着人们在刹那间穿越了时空，与世间那些伟大的心灵进行直接对话，能够谛听到上帝才能听到的声音。"

"诗人能够弯下腰来，向一株谦卑的小草致意，能够小心翼翼地伸出脚，生怕踩疼了那些雪，能够慈爱地抚摸那头老迈的耕牛，默默地陪它体味那些辛苦耕耘的日子，能够为一只遭到残忍猎杀的海豹愤怒得失眠，能够为海平面悄然升高而大声疾呼。"

"诗人能让最柔软的一颗心，因信念的涌注而变得坚强无比；诗人能够让最泥泞的道路，因梦想的指引而变成跋涉者骄傲的旅程；诗人能够守着一无所有的寒室，自豪地宣布天空所有的星星都属于自己。"

"诗人能告诉地震中失去家园的母亲，废墟上还有花朵绽开，春天还会走来；诗人能倾听遭遇欠薪的农民工悲苦的诉说，能细密地记录下阳光里的暗影，大胆地指出清水下面涌动的污浊；诗人能为街脚那位修鞋的老人，写下温暖一个冬天的诗句；能为重返校园的儿童，送上激励一生的心语。"

"当然，我还可以告诉你，诗人不能做什么。"诗人停顿了一下，看了看餐桌边那一道道闪着错愕的目光。

"诗人不能失去自我，不能人云亦云地随波逐流，更不能在不公平面前冷漠了心灵，不能在丑恶面前闭上眼睛，不能在痛苦面前喑哑了歌喉，不能在贪欲面前迷失了方向。"

"诗人不能停止了思想，不能粗糙了情感，不能放弃了观察，不能迟钝了感受，不能将本该丰富无比的生命历程，变成了被物欲紧紧裹挟的忙忙碌碌，不能将本该情趣无限的生活，变成千篇一律的单调乏味。"

"诗人不能只关注自我，还要关注大地、天空和海洋，关注遥远的星球和漫长的历史，关注尘世的每一个生命，知道在这个世界上过往的所有人，都与自己息息相关。"

诗人最后激动地说道："诗人的确很渺小，渺小如一朵山野间无名的小花，但它有自己热爱的天空和大地，有自己钟情的四季，拥抱自己的梦想，绽放自己的美丽。如果非要用一句话来回答诗人到底能做什么，我要说的是——诗人能指出这个世界的美好，并愿意加入那些美好之中……"

片刻的沉默后，掌声响起，满桌的人开始重新打量面前的诗人，开始思考另一个问题——自己究竟能做什么。

最幸福的理发师

崔修建

在寸土寸金的繁华商业街角，有一个毫不起眼的小小理发店，店内只有一位白发如雪的老理发师，带着一个勤快的年轻助手，老理发师名叫黄文昌，已经85岁了，依然精神矍铄，耳不聋、眼不花，理起发来，那一招一式，还是那么手法娴熟，干净利落，令人叹为观止。

老理发师从12岁开始做学徒，15岁开始拿剃刀给顾客理发，早已"阅头无数"，技艺愈发精湛，以至炉火纯青，人送美名"黄一刀"，在20世纪六七十年代，他技艺超群，收费却一向低廉的事迹还上了省报。

如今，各类美发屋遍布大街小巷，各种时尚的发型设计理念不断更新，各种现代化的理发工具也在不断涌现，而黄文昌的理发观念始终以追求舒适为主，不赶时髦，不求新变，收费依然低得可怜，就连他手上的理发工具，也几十年没有变化，仍旧主要是一把推子和一把剃刀。他的理发店规模一直不大，这几年，多是一些老年人和一些收入偏低的"底层人士"光临。

那天，我陪新华社一位记者采访归来，闻知他的故事，记者好奇地让我带他去认识认识这位高龄的理发师。

走进门脸不大、装修简单得近乎寒碜的小店，黄文昌正笑容可掬地给一位老者理发。只见他穿一件很干净的白色大褂，左手抚着老者的头，右手握一把擦得锃亮的推子，咔嚓咔嚓地修剪着。剪下的碎发，很听话地被他轻轻甩入脚边的一个纸桶里，地上几乎不见一丝。过了一会儿，他又用剃刀背轻轻地摩挲几下老者的脖颈，然后轻快地刮去上面残留的几许发根。接下来，他又拿出一个形状特别的耳勺，帮老者掏出耳朵里的残茧，喜得老者连连慨叹"真舒服"。最后，他又让年轻的助手打来一盆清水，他亲自帮老者洗去头上和颈间的发茬儿。最后，又认真地端详了一番，才满意地点点头，接过老者的五元钱报酬。

整整40分钟，我和记者坐在旁边看着他有条不紊地忙碌，简直是在欣赏民间艺术表演。

我不解地问他这么大年纪了，为什么还要出来给人理发，他笑着回答了两个字——高兴。

我又问他："只是剪一个普通的头，赚钱不多，为什么要花那么多时间，还要那么认真呢？"

"那是我的职责啊，习惯了。"他喝了一口茶。

我很惊讶："您这么一把年纪了，那可不是轻松的劳动啊！"

他依然笑容满面："你不知道，听着推子咔嚓咔嚓地游走，看剪下的头发轻轻飘下，心里别提有多么舒坦了，简直是一种特美的享受啊。"

哦，原来是这样——在我们的眼睛看似很辛苦的劳动，在他那里只是一种快乐的享受，根本没有劳累的感觉。

而接下来记者的一番聊家常般的采访，让我们更是惊讶不已，感慨不已。

实际上，他生活条件优裕，手头一点儿也不缺钱，他用理发赚来的钱资助了好几个贫困学生呢，现在还给两个大学生邮寄学费呢。他还有两个特别有出息、特别孝顺的儿女，儿子是一家著名跨国集团的总裁，女儿是一位副厅级干部。儿女曾多次劝他不要再去做理发师了，好好在家享享清福。他却说最好的享受是做自己喜欢的事，儿女要给他投资一个好的美发屋，他不同意，理由是跟那个陪伴了他几十年的小理发店有感情了。再说，他现在给人理发，赚的就是快乐，一间小店足够了。

记者敬佩地问他打算将理发店开到何时，他呵呵地笑着："只要干得动，就会一直开下去。瞧我现在这精神头啊，估计当个百岁理发师问题不大呀。"

黄文昌老人那无遮拦的快乐，深深地感染了我和记者，走出小店很远了，我们还在不约而同地连连慨叹：他是我们遇见的最幸福的理发师。

道理再简单不过了——做自己喜欢做的事情，并懂得享受做事过程中的点点滴滴的快乐，便自然会拥有浸润心灵的幸福，久久地，陪伴在自己的人生路上。

点石成金不只是梦想

崔修建

　　那是一个极偏僻的山区，一代代的山里人，在那沟壑纵横的贫瘠的山坡上一年年地辛勤劳作，却依然无法摆脱清贫的困扰。

　　随着打工潮的涌起，村里一些年轻人再也不愿无望地守着那几亩薄地了，他们纷纷结伴进城打工。没文凭、没技术的他们，在劳动力极度过剩的城市里，只能找那些又脏又累的活儿，不吝啬汗水地赚一点儿钱，可他们却很满足，这其中就有一个叫张宝山的小伙子。

　　极其偶然的一天，张宝山走进了一个专卖工艺品的店铺。那里面摆放的一幅幅用豆子粘贴的豆画，让他不禁驻足观赏起来。那样平常的红小豆、黄豆、绿豆，还有一些草叶、草棍，经过一番巧妙的组合，竟成了一件件妙趣横生、活灵活现的粘贴画，充满了生活气息和艺术品位，吸引了众多的中外顾客，生意好得让人惊羡。

　　忽然，一个灵感在张宝山的大脑中一闪，他激动地跑出那家店铺，回到租住的潮湿的地下室，跟同乡们谈论起自己的设想——回去也做粘贴画，但不是用豆子，而是用家乡最常见的鹅卵石。

同乡们都笑他是痴人说梦，因为谁也没见过鹅卵石能粘贴出画来卖钱，再说他也没读过几天书，哪懂什么艺术，即使勉强做出来，也肯定登不上大雅之堂的。同乡中没有一个赞同他的点子的，反而都劝他还是安心地打工，靠流汗水赚钱吧。

张宝山却来了倔劲，他第二天便打起行囊，一个人回到家中。从山里拣回一大堆五颜六色、形状各异的鹅卵石，真的做起了粘贴画。

真应了那句俗语——看画容易作画难。他手忙脚乱地费了很大的工夫，好容易粘贴成几幅画，连他自己看着也不满意，只得扔掉了。

这时，父母的呵斥不绝于耳，村里人的风言风语也涌来了，说他异想天开、好逸恶劳、华而不实等等，总之，没人相信他能让那些随处可见的鹅卵石，变成值钱的东西。

可他偏偏不肯服输，他又来到省城，几经周折，找到一位学工艺美术的研究生，谈了自己的构想。那位研究生为他的点子击掌叫好，主动提出与他合作——由那位研究生出构思、出技术，他找材料、加工、销售，并制定了"出精品"的营销策略。

很快，他们的第一批石子粘贴画拿出来了，市场反响比预料的还要好，全都卖了好价钱。淘到了人生的第一桶金，他的信心倍增，拿着研究生为他提供的创意新颖的各种图案，回到家乡，他搜集了一院子的鹅卵石，自己做指导和监工，开始雇人大量生产石子粘贴画，还在省城租了一个专卖柜台。

很快，他的石子粘贴画打出了名气，被省里列为重点扶持的旅游产品，不少领导外出访问，都选一两件作为馈赠礼物。一些外国人也慕名找上门来，出高价购买他这一别致的工艺品，并提出在国外代销的请求，市场前景一片灿烂。

这时，他又及时地为产品申请了专利，注册了商标，创办了以石子粘贴画为主，兼营其他粘贴画的工艺品营销公司，业务遍及海内外，他成了拥有资金上千万元的大老板。不仅如此，在他的带动下，村里的人很快在事实面前改变了观念——相信他们身边的那些不起眼的石子，真的能够变成金子。村里人或到他的公司打工，或办成他的分公司，靠石子粘贴画，世世代代受穷的山里人终于彻底地脱贫致富了。

如今，张宝山又聘请了工艺品专家做业务指导，正雄心勃勃地准备把公司的规模扩得更大，争取把自己的"宝山"牌石子粘贴画做成国际知名工艺品。在描述未来的宏伟蓝图时，他的目光里充满了自信，他说他懂得"点石成金"，懂得从最不经意的细微之处寻找到无限的商机，靠智慧和执着赢得成功。

小小的、根本不起眼的鹅卵石，经过慧心的组合，竟成了源源而至的财富。张宝山的成功故事再次告诉我们——对于平凡如我辈的每个人来说，随时随地都可能蕴藏着不可估量的成功的机会，有些奇迹就诞生于自己身边，关键是我们要细心寻觅，要敏锐地捕捉到那一闪而过的灵感，并努力地付诸于行动。那样，我们就非常有可能赢得连自己都惊讶不已的成功。

记住：点石成金绝不只是一种梦想，而完全可能是一种真实，只要有足够的智慧。

用脑袋扛液化气罐

崔修建

　　五年前，杏花村走出了三个打工仔，没有一技之长的他们，在遭遇了一连串求职失败后，都找到了一份纯靠出卖力气的工作——受雇于罐气服务站，给那些住在高楼层的居民搬送液化气罐。虽说这份工作十分辛苦，每天楼上楼下地来回忙碌，常常累得汗水湿透全身，他们却很高兴，因为每个月能赚几百块呢。

　　面对他们赚回的一沓沓粘满汗水的钞票，村里体格健壮的老少爷们儿们再也坐不住了，春节一过，便纷纷搭帮结伙地奔赴各大城市，很满足地做起了液化气罐搬运工。

　　因患小儿麻痹症而跛脚的他，瘦弱得像个麻秆，也急着要进城打工。村民们便笑他想赚钱想疯了，就他那弱不禁风的体格，连拎袋米都直喘粗气，他要是去扛液化气罐，非得被压趴下不可。

　　父母也拦他："那种力气活儿，你干不了的，咱不能跟着眼热。"

　　"我承认没他们有力气，可我有一颗不笨的脑袋，我一定要赚比他们还多的钱，回来让他们看看。"他一脸坚定地扔下这句豪言，便在众人一片怀疑的摇头中，独自踏上了西去的列车，直奔那个正在崛起的城市。

时近年关，出去扛液化汽罐的打工者们陆续地回来了，每个人都带回数目不等的钞票，唯有他寄回来一封信，告诉父母他找到赚钱的门路了。拿着信，父母哑然，村民们也大多摇头，没人相信他会找到更好的赚钱门路。

春天走，冬天回。村里的男人们年年去城里扛罐赚钱，因扛罐的人越来越多，钱一年比一年难赚，大家沮丧而无奈，出去的人越来越少。五年后，村里再没一个人出去扛罐了。

这一年春节，曾一次次写信告诉父母赚到大钱的他，衣锦还乡了。他亮出的那个存折，让所有村民的眼睛都瞪大了——那一长串数字，比他们五年里积攒起来的总和还要多上十倍。

难道他淘到了金子？众人惊讶地上下打量着依然瘦弱的他。

他微微一笑："我和你们赚钱的门路一样，你们是用肩膀扛罐，我是用脑袋扛罐。"

用脑袋也能扛罐？面对那些困惑的目光，他侃侃而谈，道出了自己的致富经验——原来，他进城后，立刻学别人的样子，也办了一个灌气服务站，自己当上了老板。起初，手里没有足够的本钱租车、雇人，他就以高出别人五成的工资，搞年终总结算。他还放远目光，采取低利润经营策略，先不着急赚钱，而是着力培育灌气客源，提高服务质量。结果，他的灌气服务站生意越做越好，辐射区域越来越大，他存折上的数字也就飞快地窜起来……

恍然大悟的村民们纷纷敬佩地挑起大拇指，啧啧地赞叹他真是聪明，赚钱赚得智慧。

他就是住在我老家后院的葛军，如今他已举家搬到西安，正以优惠的工资广招家乡打工者，雄心勃勃地准备把自己的灌气站办成一个多方位服务的大公司……

在知识经济愈演愈烈的今天，对于那些文化知识水平相对较低的打工者来说，再像过去那样单纯地靠力气打工已经越来越难了。他们唯有不断学习，不断增长技能，充分挖掘自己的智力潜能，利用聪明智慧，才能在日趋激烈的竞争中站稳脚跟。聪明的葛军学会"用脑袋扛液化气罐"，就是一个极好靠智慧成功的范例。

一位著名经济学家曾这样说过："不止是在经济领域，很多时候，决定一个人成功与否，关键就在于他如何开发和运用个人的智慧。"

的确如此。那些简单的、无需多少思考的工作人人可为，但其含金量自然也是很低的，要想真正地掘到丰富的金矿，必须首先打开自己智慧的宝库，拿出闪烁智慧光芒的工具。

无论是谁，都不要忘了——你的肩膀上还扛着脑袋，那绝对是你最大、最好的人生资本，能智慧地运用，拥抱成功就不再是艰难的事情。

对 手

积雪草

农历新年的前几天，陆晓莲终于拿到了参加工作之后第一个月的薪水，不多，只有区区的两千多块，但是陆晓莲还是兴奋得脸颊通红，心中悄悄地计划着这笔钱的用途，她想用这笔钱给亲人们买点小礼物。

爷爷老了，在小镇上溜达的时候，就爱揣上个小收音机听听新闻，听听评书，听听养生节目，可是爷爷那个宝贝，却被陆晓莲不小心打烂了，害得爷爷心疼了好多天，这次刚好可以给爷爷买个新的。

爸爸是个出租车司机，因为小镇闭塞人少，生意并不是太好，天天守在火车站接人，年纪轻轻就落下了个老寒腿的毛病。陆晓莲每次看到爸爸腿疼的样子就心疼，所以，她要给爸爸买条毛裤，要厚厚的暖暖的那种。

给妈买点什么呢？陆晓莲想了很久，觉得应该给妈买副手套，要羊绒的，柔柔的暖暖的那种。母亲操持家务，一年到头都在厨房里忙碌，到了冬天手上会开裂许多细小的口子。

最后，还要买样东西送给自己，可是自己刚刚来到大城市里，要交房租，要交水电费，所以还是算了，送自己一块西点屋的蛋糕做晚餐也不错。

陆晓莲想了许久，甚至用笔在纸上把心里的计划列了一遍，可是当拿钱出去实现自己的愿望的时候，忽然发现薪水不见了。

工资装在一个信封里，回来后就放在桌子上了，怎么会不见了呢？陆晓莲吓坏了，鼻尖上冒出了细密的小汗珠，几乎快哭出来了，那可是她这个月的生活费以及爷爷和父母的新年礼物，是她辛辛苦苦一个月的价值体现，弄丢了该有多么糟糕。

陆晓莲把巴掌大的租屋翻了个底朝天，还是一无所获，陆晓莲开始努力回想刚才回来时的每一个细节，最有可能的是丢在办公室，这样一想，陆晓莲有些慌了，办公室是陆晓莲和另外一个名叫柯小敏的女孩共用的，两个人一起进的公司，都在试用期，听说试用期过了，公司只能在两个人中选择其一，所以两个人都在暗中较着劲。

陆晓莲几乎是一路小跑回到公司的，收发室的大爷问她干嘛跑得那么急，陆晓莲笑笑，没有来得及说话就冲上了二楼的办公室。

推开门，柯小敏还在，她放下手里的事，抬起头，皱着眉头问她："跑什么啊？着火了？"陆晓莲抚着胸口问："有没有看到我放在桌子上的工资袋？"柯小敏摇了摇头，说没有，然后又低下头继续做手里的事。

陆晓莲像一只泄了气的皮球，缓缓地退出办公室，回去的路上，陆晓莲一直在自怨自艾，觉得自己真傻，即便柯小敏捡到了，她会还给自己吗？陆晓莲巴不得自己早些退出竞争的局面，也少一个对手。

回到租屋里，陆晓莲有气无力地躺在床上，扯过一床被子蒙住头，心想，睡着了就好了，就不用想那些烦心的事情了。

不知过了多久，门外响起了敲门声，陆晓莲起床开门，竟然是柯小敏。陆晓莲怔在那里，冷着脸问她："你来干什么？"小敏笑了，说："不欢迎啊？那我走了，不过你的工资袋也别想要了。"

陆晓莲的脸色缓和过来。柯小敏解释说："我刚才丢废纸的时候才发现，你的工资袋掉到了桌子旁边的纸篓里，怕你急着用钱，所以赶着给你送过来了。"

柯小敏还带来一盒饺子。

陆晓莲笑了，问小敏："怎么突然间对我这么好啊？别指望我会退出竞争，我不会放弃的。"

柯小敏也笑了，说："我们只是对手，不是敌人，我就喜欢你这股冲劲，我也不会放弃的。"

两个月之后，公司宣布了留用名单，那个人就是陆晓莲。陆晓莲得意地看着小敏，笑靥如花。下班后，陆晓莲兴奋地跑到街上的公用电话亭给爸妈打电话，告诉爸妈自己被留用的事，然后回到屋里，不知干点什么好，随便拉开抽屉，拿出一本书，躺在床上翻看，忽然书里掉出一样东西，竟然是陆晓莲第一个月发的薪水袋。陆晓莲一下子懵了，原来自己的薪水从来就没有丢过，肯定是那天，自己把薪水袋夹到书里的。

想起柯小敏，陆晓莲的内心里涌起了莫名的温暖和感动，今天是小敏最后一天在公司里上班，不知她走了没有。想到这里，陆晓莲抓起一件外套，匆忙跑回公司。

　　推开门，柯小敏正在收拾东西准备离开，陆晓莲从一堆杂物中抬起头来问她："又丢了什么东西？"

　　陆晓莲气喘吁吁地说："什么都没丢，就是想抱抱你，可以吗？"

　　柯小敏脸上的笑容一点一点绽开，陆晓莲也笑了，跑过去，两个女孩紧紧地拥在一起。

天使一样的笑容

积雪草

　　那年的春天，对于他来说是一个特别漫长的春天，他在一家包括经理在内只有5个人的小模具设计公司上班。5个人挤在一间小办公室里，冬无暖气，夏无空调，挥汗如雨，看不见未来，薪水更是这个月看不到下个月，常常三四个月不发，口袋里没有一毛钱，连请女朋友吃顿饭也得思量半天。最重要的是，常常没有活干，无所事事地混着日子，长久下去必然会荒废专业。他心里急得像着火，真想跳槽，可是看看手里的大专文凭，便有些气短。

　　星期天跑人才市场，搜集报纸上的招聘信息，渴望改变窘迫的自身状况。因为那张大专的文凭，他遭遇了很多的冷遇和白眼，信用和耐心几乎都被消磨尽了。

　　这时候他刚好看到一家日资的模具公司招聘设计员，要求懂日语，本科以上学历，两年以上工作经验。对照自己，除了学历稍低些，其余两项都符合要求。犹豫再三，最后还是决定去试试，他太想改变自身的处境了。

　　于是怀里揣着一份制作精美的个人简历和一颗惴惴不安的心，一路找到这家日资模具公司。负责接待他的是一个女孩，姓杜。他永远都记得这个女孩，她态度温和，语气柔软，用日语开始简单的问话，好在他一直选修日语，还算流利。杜小姐告诉他："你的学历不够，不可能被录用的。不必浪费时间了。"

这么快就有了答案，并且和他想的一样，就因为学历不够，而被拒之于门外，连面试的资格都没有，还没有试一次就败下阵来，心有不甘，他心情抑郁地走到门外。他已经试过好多家了，都是因为文凭而缺失了机会，心里不由得凉凉的，像掉进冰窖一般。

这家公司不录用自己，难道别家公司就会录用我吗？专业对口的模具事务所之类的公司少之又少，难道一直这样蹉跎下去吗？他在心里问自己，再给自己一次机会，即使不成功也不会损失什么的，这样一想反倒释然，转身又回到杜小姐的面前。她睁着一双美丽的大眼睛，充满疑惑地看着他，"怎么又回来了？"她问。一句话就让他觉得无言以对，再回头需要多少的勇气，只有自己知道，他硬着头皮说："让我试一次好吗？我不能再失去这次机会了。"杜小姐说："可是你的学历不够，简历送进去，我会挨骂的。"

他看着她的眼睛，真诚地说："我的未来和前程此刻就在你的手里，给我这一次机会，好吗？无论成功与否，我一直都会记得你的好。"他就那么一直和她说下去，一直说到她心动同意为止，此前他一直不知道自己的口才还这么好。最后杜小姐笑了："不用你记得我的好，谁让我心肠软了呢？"

前前后后只用了两分钟的时间，杜小姐就从老板的办公室里败下阵来，很显然，她挨了骂。神情沮丧，像一朵开败了的花儿，对着他摊开两只手，耸了耸肩，一副爱莫能助的样子。

他犹豫着要不要跟她道一声谢谢，她已经转身去忙别的事情去了。他依旧在她的办公室里磨蹭，不肯离去，尽管这不是他最后的机会，但他却把所有的希望都寄托在这一搏上，还有什么比这份工作更适合自己的呢？

他用尽平生所学，游说杜小姐，这个女孩却不为所动。说得口都干了，终于绝望，他拿起简历走到门边，推开门，风迎面吹过来，觉得眼睛酸涩。忽然听到身后女孩喊自己："请等一等。"

他狂喜地转回身来，女孩说："我再给你送进去试一次吧！"女孩脸上淡淡的笑容对于他来说，简直犹如天使。

这一次他等了很久，杜小姐似乎和老板起了小小的争执，他的内心有了一股温热和某种冲动：只要给我一次机会，我就一定要把握住，女孩冒着被炒的风险，为自己争取一次机会，我有什么理由辜负？

老板是一个30多岁的日本男人，戴眼镜，看他的简历看了足足有5分钟，他端端正正地坐在椅子上，等他用日语问话。可是他什么都没问，最后用汉语说："你有设计图吗？"他从文件袋里抽出一张事先准备好的，曾经让他得意的模具设计图，双手递给他。他说："可以留下来给我看看吗？"他回答可以。

10分钟面试结束，临走时他用流利的日语对他说："公司如果录用我，我一定不会让公司失望的，我会努力工作，愿意与公司共荣辱。"他看见这个日本男人的眼睛在镜片后面亮了一下，以为事情会有转机，但老板只是说回去等通知吧。

一个星期、两个星期、三个星期，就在他已经绝望，不再抱有任何希望的时刻，那家模具公司的杜小姐打电话来，通知他周一去上班，他心中一阵狂喜。

幸运之神终于照耀到他的头上，公司录用他，不是因为那张简历做得多么漂亮，而是因为那张图纸起了决定性的作用，以及他身上的综合素质，将自己最有优势的一面展现出来，潜质得到充分发挥。这是杜小姐后来告诉他的。

他非常珍惜这次来之不易的工作机会，一方面工作上努力认真，一丝不苟；另一方面不断地给自己充电，补充新的知识，专业方面做到在公司无人能敌。一纸文凭其实什么都证明不了，只要找到真实的自我，为自己的目标不懈地努力和付出，就会有人懂得你、欣赏你。

杜小姐后来成了他的同事，他们依旧话语不多，几年之后她升职调到分部，他依旧记得这个给了自己机会的女孩和她天使一样的笑容。

土豆开花

积雪草

　　大学毕业那一年，她像一张白纸一样单纯，没有工作经验，没有职场资历，有的只是初入职场的锐气和满腔热情。大学毕业后，她拿着制作精美的简历以及大学期间发表的文学作品，一路过五关斩六将，顺利地进入这个城市首屈一指的广告公司，应聘广告策划文案，一举成功。

　　刚到公司时，她被老总安排跟着公司里一个帅哥级人物的老邱，其实他还不到三十岁，但大家都喜欢叫他老邱。老邱戴眼镜，喜欢许巍的歌，发型很酷，对她也不错，和颜悦色，但就是不肯教她东西。

　　午休时，大家在一起闲论公司下一年的计划，他居然支使她去买饮料。他整理文案时，居然支使她去碎纸，收拾乱七八糟的杂物。来公司两个多月，被他支使的团团转，却一点工作的经验都没有学到。

　　她气愤难当，跑去酒吧喝酒，跑去找朋友诉苦，恨不能立时辞职走人，大家都劝她忍一忍吧，说不定转过这个坡，前面就柳暗花明。

　　想想也是，费了很大的劲，好不容易应聘到这家在行业内叫得响的广告公司，怎么能轻易走人？目前，至关重要的是找到一个平台，把自己的优点和才华发挥出来，在公司里站稳脚后跟，再图谋更大的发展。

公司的例会上，老总讲形势讲业务讲危机，讲得吐沫星子乱飞，又给公司各部门一一安排了任务，最后终于注意到坐在角落里，像草芥一样不起眼的她，对老邱说，你带的那个新人怎么样了？能不能独立完成一个文案？老邱不看她，几乎是闭着眼睛在说，她进步很快，应该可以的。老总听了，满意地说：把你手上的案子分一个给她做，我相信我们公司个个都是精英。在掌声中老邱跟着老总的脚后跟出了小会议室。

她坐在椅子上发呆，鼻尖上冒出虚汗，这个老邱不是瞎说吗？什么进步很快，他压根就没教她什么东西，跟着他两个多月，只学会了一个勤杂工的本事，还有就是，她的锐气几乎被消磨殆尽。

生气归生气，尽管自己没有亲自做过文案，但毕竟有理论知识垫底儿，又看了很多策划成功的案例，所以她还不是十分惧怕的。

和她想象的一样，老邱把手里那个最难做的案子分给了她。听公司里一个老人说，这个案子老邱前后易了几稿，都被客户否定了，所以他现在名正言顺地把手中那个最烫手的山芋丢给她。

客户是一个很挑剔的主儿，唯一的要求是，花钱少，效果好。这可难坏了她这个新人，明知是一个烫手的山芋，可是却没有选择的余地，除了背水一战，把案子做到精致完美，客户满意，别无选择，因为这关系到她在公司里的去与留。

她花了很长时间，研究客户的背景资料，产品的性能比，参阅了大量的国内外策划成功的案例，花了三天的时间，写出一个方案，交到老邱的手里。

那天，老邱忙的像一个陀螺，他写的方案又被客户推翻了，心情坏得一塌糊涂，顶着他很酷的发型，心不在焉地扫了一眼她递过去的策划文案，说，做得一般，我再修改下，交上去，看看上面的意见再说吧！

她忐忑不安地等了一段时间，不见有什么反响，以为这个案子被毙了，她的热情被折磨的一点一点地降至零点，觉得自己也许并不是做广告的材料。

心灰意冷之际，公司的例会上，老总忽然宣布，说老邱的广告文案客户非常认同，创意独具匠心，别具一格，而且那个客户决定跟公司续约。

老邱除了拿到不菲的奖金，还被冠上了公司里最佳策划等荣誉。例会上，老邱还讲述了他的创作理念和构思文案的过程，只字没有提到她。

她像吃了一只苍蝇一样难受，冲动地想去找老邱理论，凭什么别人的心血，他眼睛都不眨一下，就据为己有？可是冷静下来一想，老邱是个老人，她是个新人，来公司没几天，公司里的人还没认识全，谁会相信她呢？

实在忍不下这口气，而且忍下这口气，就等于纵容和认同老邱的卑劣行为，一个人怎么可以这样不劳而获呢？

思来想去，她把最初的思路和策划初稿复印了两份，一份她给了老邱，如果老邱还不承认这个案子有她的心血的话，她打算再把另外一份交给老总。

其实老邱这个人并不坏，公司里的同事谁有了困难，他都热情帮忙，但是不知为什么，对她这个新人却明显地挤兑和疏远。

她把复印件交给老邱时，老邱的眼睛里明显有一丝慌乱，但很快就镇定下来，他想不到这个初入职场的小丫头片子会跟他来这一手。

老邱抬起眼睛，从镜片后面看着她问："这能说明什么？"她淡淡地笑了："这说明不了什么，我还有一份同样的复印件，打算下班后交给老总，你觉得怎么样？"

老邱的口吻软了下来："公司里有一条不成文的规矩，新人都要给老人交学费，这很正常，我也是这么过来的。"

"到我这儿，规矩要改改了，我不是韩国流传于坊间的绘本《不想上班》里的土豆，只会隐忍和逆来顺受，就算是一个土豆，我也要争取一个开花的机会，你看你自己跟老总说呢？还是我跟老总说？"

老邱叹了口气，无可奈何地说："还是我自己去说吧，你去说肯定要砸掉我的饭碗，你这个小土豆要开花，我这个老土豆也不想冬眠。"

那天下班后，老邱请她吃饭，她原本不想去，但是抵不过老邱一双真诚的眼睛。老邱推心置腹地说："看到现在的你，就像看到当初的我，简直是一个翻版，当初我也像你一样，热情，自信，不服输。这件事情我有错在先，我会找领导处理妥当的。"

两只手紧紧地握在了一起，职场上没有永远的敌人，有的只是协作的关系。

原本很复杂的事情，想不到这么容易就解决了，而且她和老邱成了同事加好友，老邱很欣赏她的胆识和才气，两个人于是有了惺惺相惜的意思。